rowohlts monographien
begründet von Kurt Kusenberg
herausgegeben
von Wolfgang Müller

Max Frisch

mit Selbstzeugnissen
und Bilddokumenten
dargestellt von
Volker Hage

Rowohlt

Dieser Band wurde eigens für «rowohlts monographien» geschrieben
Den Anhang besorgte der Autor
Herausgeber: Kurt und Beate Kusenberg
Wissenschaftliche Beratung: Klaus Schröter
Assistenz: Erika Ahlers
Schlußredaktion: K. A. Eberle
Umschlagentwurf: Werner Rebhuhn
Vorderseite: Max Frisch, Zürich 1982
(Volker Hage, Hamburg)
Rückseite: Willy Maertens und Walter Richter in «Biedermann
und die Brandstifter». Fernsehaufführung 1961
(Ullstein-Bilderdienst, Berlin)

Veröffentlicht im Rowohlt Taschenbuch Verlag GmbH,
Reinbek bei Hamburg, Oktober 1983

Satz Times (Linotron 404)
Gesamtherstellung Clausen & Bosse, Leck
Printed in Germany
1080-ISBN 3 499 50321 2

5., erweiterte Auflage 1990
36.–39. Tausend Juli 1990

Inhalt

Zitat

Ein großer Teil dessen, was wir erleben, spielt sich in unsrer Fiktion ab, das heißt, daß das wenige, was faktisch wird, nennen wir's die Biographie, die immer etwas Zufälliges bleibt, zwar nicht irrelevant ist, aber höchst fragmentarisch, verständlich nur als Ausläufer einer fiktiven Existenz. Für diese Ausläufer, gewiß, sind wir juristisch haftbar; aber niemand wird glauben, ein juristisches Urteil erfasse die Person. Also was ist die Person? Geben Sie jemand die Chance zu fabulieren, zu erzählen, was er sich vorstellen kann, seine Erfindungen erscheinen vorerst beliebig, ihre Mannigfaltigkeit unabsehbar; je länger wir ihm zuhören, um so erkennbarer wird das Erlebnismuster, das er umschreibt, und zwar unbewußt, denn er selbst kennt es nicht, bevor er fabuliert –

Max Frisch[1] *

* Die hochgestellten Ziffern verweisen auf die Anmerkungen S. 134f.

Porträt 1

30. August 1981, Sonntagvormittag, im Haus des Verlegers in Frankfurt am Main: der Gast der Familie Unseld sitzt beim Frühstück in einem sonnigen Erker. Er erhebt sich unverzüglich zur Begrüßung, sehr höflich, ernst. Später, auf dem Sessel des Wohnzimmers, hat er sogleich die Pfeife im Mund: Max Frisch, wie man ihn von Fotos kennt. Er versinkt nicht im Sessel, sondern sitzt vorgebeugt, gespannt, aufmerksam.

Sie werden sehen, sagt er, *meine Biographie ist nicht sehr ergiebig.*[2] Es existieren einige autobiographische Texte, er hat gelegentlich in Interviews aus seinem Leben erzählt. Doch es gebe große Lücken, sagt er. *Es hat sich jetzt bei der Archiv-Sache gezeigt: Ich habe nie etwas gesammelt. Es ist wenig da, auch an Bildern. Ich bin oft umgezogen.* In Zürich, erklärt er dazu, werde gerade ein Max-Frisch-Archiv aufgebaut. In der literaturwissenschaftlichen Abteilung der ETH, der Eidgenössischen Technischen Hochschule, an der er vor mehr als vierzig Jahren Architektur studiert hat, sammelt man die erreichbaren Dokumente zu Leben und Werk. Irgendwann einmal soll dieses Archiv für Studienzwecke zugänglich gemacht werden.

Frisch, siebzig Jahre alt, erlebt die Stabilität seines Ruhms. Zu Popularität brachte er es schon vor bald drei Jahrzehnten, nicht sogleich mit den ersten Veröffentlichungen, doch früh genug, um den Erfolg als Rückenstärkung zu erleben. Nun erweist sich, daß das kein Saisonerfolg gewesen ist. Max Frisch ist längst ein moderner Klassiker, attraktiv geblieben auch für ein junges Publikum, das ihn nicht nur für die Schule liest. Es wundert ihn, daß seine Ansichten über Liebe und Ehe *auch für junge Leute interessant sind, nicht nur für Germanisten*. Und er sagt: *Das ist natürlich etwas Schönes, diese Leserpräsenz*. Er spricht nüchtern über seine Popularität, nicht eigentlich bescheiden, durchaus selbstbewußt: Es sind eben Fakten. Wozu Versteck spielen? Und doch zeigt sich mit jedem Wort, daß Frisch nicht zu den Selbstgefälligen gehört. Was er geleistet hat, ist schwer errungen. Darauf ist er vielleicht ein wenig stolz: Es ausgehalten zu haben. Erfolg? *Der nimmt den Zweifel nicht weg*.

Seine Theaterstücke *Biedermann und die Brandstifter* und *Andorra* zählen zu den meistgespielten deutschsprachigen Dramen dieses Jahrhunderts. Sein Prosawerk – Romane, Tagebücher und Erzählungen –

Max Frisch beim Signieren, 1981

wird seit nun bald dreißig Jahren gelesen und diskutiert. *Stiller, Homo faber* und *Mein Name sei Gantenbein* haben nicht nur beim Publikum, sondern auch in der Forschung nachhaltig Resonanz gefunden. Die Interpretationen und Dissertationen sind schon zu Lebzeiten des Autors kaum noch zu überblicken. Er hat wenig Verächter, aber viele Bewunderer, ja Freunde gefunden. Was fühlt er, einer der wichtigen Schriftsteller dieses Jahrhunderts, wenn er heute zurückschaut? Welches Verhältnis hat er zu seinen Werken?

Zum Teil bin ich mit ihnen gewiß nicht glücklich. Aber sie sind wenigstens da. Man hat eine Spur, gar nicht einmal für die Nachwelt. Man hat sich daran gewöhnt. Wenn ich mir vorstelle, es wäre nichts davon vorhanden: Da wäre schon ein großes Loch. Und er setzt hinzu: *Bisweilen leistet man sich das Gefühl, das alles sei belästigend ...* Er behält die Pfeife beim Reden zumeist im Mund, nur manchmal hält er sie für ein paar Augenblicke in der Hand: als gestisches Mittel. Auch dann ist er schwer zu verstehen: Er öffnet die Lippen kaum, spricht leise. Nicht zögernd: Er weiß, worauf es ihm ankommt. Vieles hat er schon so oder ähnlich in anderen Interviews gesagt: Im Gespräch gibt er durchaus ein Bild von sich.

Läßt sich ein Mensch beschreiben? Max Frisch hat sich mit dieser Frage zeitlebens befaßt: Seine literarischen Figuren geben davon Zeugnis. Anfang der sechziger Jahre, in der Zeit, als der *Gantenbein*-Roman entstand, hat er sich mehrfach auch theoretisch dazu geäußert. Die Person sei eine Summe von Möglichkeiten, resümierte er damals seine Überlegungen, *eine nicht unbeschränkte Summe, aber eine Summe, die über die Biographie hinausgeht*[3]. Das tatsächlich gelebte Leben, so ist das wohl zu verstehen, macht immer nur einen Teil des Menschen aus: Das, was sonst aus ihm hätte werden können, gehört auch zu ihm. Mehr noch: das, was jemand für seine Vita hält, ist lediglich eine nachträgliche Interpretation, aus Bruchstücken der Erinnerung zusammengesetzt. Auch mit Fakten läßt sich spielen: Sie lassen sich je nach Laune montieren, können heute dies, morgen jenes beweisen. Wie läßt sich ein Leben darstellen? Eine Biographie, die zu wissen vorgibt, wie es gewesen ist, muß für einen Autor wie Frisch ein Greuel sein. Er schrieb 1960: *Jeder Mensch erfindet sich eine Geschichte, die er dann, oft unter gewaltigen Opfern, für sein Leben*

Max Frisch und sein Verleger Siegfried Unseld, 1981

In Berzona

hält, oder eine Reihe von Geschichten, die sich mit Ortsnamen und Daten durchaus belegen lassen, so daß an ihrer Wirklichkeit nicht zu zweifeln ist.[4]

Zwanzig Jahre danach trotzdem die Frage, ob es nicht auch für ihn ein gutes, vielleicht sogar behagliches Gefühl bei der Rückschau gebe. *Behaglich? Gar nicht. Aber das Gefühl, daß ich sehr viele Schutzengel hatte. Es war ein äußerlich banales Leben. Sehr viel Verzweigungen, Spannungen. Oft das Gefühl des Aufgebens: das Leben aufgeben oder die Arbeit, das Gefühl: was ich mache, hat keinen Sinn. Also das Gegenteil von einem Behagen. Vieles kam zur richtigen Zeit: ein Stipendium nach Amerika, die Begegnung mit Peter Suhrkamp. Aber wenn man zurückschaut, so denke ich: Was da alles hätte schieflaufen können ...* Seine Rede ist jetzt zutraulich, zwischendrin lacht er auch einmal kurz auf. Seine Augen werden durch die Brillengläser vergrößert. Immer noch spricht er mit großer Ruhe, hört bei Fragen geduldig zu, signalisiert zugleich mit einem begleitenden *Ja ... ja ... ja ...* die Bereitschaft zur Antwort. Er ist kein Rhetoriker seiner selbst: Er hat Überredung nicht nötig. Väterlich wirkt er eigentlich nicht. Auch aus der Nähe sind seinem Gesicht kaum Spuren des Alters abzulesen.

Neulich traf ich mit einem alten Mann zusammen, erzählt er, stockt kurz, *der war sogar noch älter als ich, ein Musiker, der nach Erfahrungen befragt wurde in einer kleinen Runde. Plötzlich sagte er: «Ich habe drei Bücher geschrieben, lesen Sie die!» Und ich versteh ihn – das habe ich nun schon alles einmal gesagt, soll ich das nochmals sagen? Das Veröffentlichte kann belastend sein. Bei jedem Gespräch, bei jedem Vortrag rechnet man im Grunde doch damit, daß man nicht ganz von vorn anfangen muß.* Daraus klingt nicht nur die Befürchtung, sich zu wiederholen, sondern auch ein Stück Genugtuung darüber, daß einige grundsätzliche Gedanken formuliert, festgehalten worden sind.

Das heißt nicht, daß er nun zur Ruhe gekommen ist. *Ich muß arbeiten,* sagt Max Frisch an diesem Tag im August. *Nicht damit ein neues Buch da ist, sondern damit ich durchhalte. Wenn ich nicht arbeiten kann, ist es schwierig. Das nimmt zu. Das hat natürlich damit zu tun, daß verschiedene Vergnügungen nicht mehr so verlockend sind: Reisen etwa.* Schreibt er an einer Autobiographie vielleicht? *Nein, das würde mich nicht interessieren. Weil mein Leben nicht interessant ist.* Und im Gegensatz zu Canetti – bei dessen Memoiren kamen ihm auch eigene Erinnerungen wieder hoch – meint er, wenig über seine Kindheit zu wissen. Zu Beginn des Gesprächs hat er gesagt: *Wenn Sie mich chronologisch fragen, kommt wenig dabei heraus. Was soll ich jetzt – in gelassener Morgenstimmung – übers Gymnasium erzählen? Da kommt fast nichts zum Vorschein: wenn ich keinen assoziativen Einstieg habe.* Er erzählt dann aber doch: Über die Eltern, über den Bruder, über Kindheit und Jugend – wie es sich gerade ergibt.

Kindheit und Jugend

Irgendwann im neunzehnten Jahrhundert, so zur Zeit des reifen Gottfried Keller, trat über die schweizerisch-österreichische Grenze ein junger Geselle, Sattler von Beruf, um hier zu arbeiten. Er heiratete eine Tochter aus dem Kleinbürgertum, Nägeli mit Namen, in Zürich, und machte Kinder, Söhne, die sich einbürgerten, einer davon wurde Architekt. Ungefähr zur selben Zeit, die eine große Zeit für die Schweiz war, kam ein anderer aus Württemberg, Sohn eines Bäckermeisters, auch einer, der dann nicht mehr ging, der sich einbürgerte und eine Baslerin heiratete, Schulthess mit Namen, er wurde Maler und Kunstlehrer in Zürich und machte ebenfalls Kinder, aber Töchter. Später dann, kurz nach der Jahrhundertwende, heirateten eine dieser Basel-Töchter und einer dieser Zürich-Söhne, und das gab wieder Kinder, Söhne – einer davon bin ich.[5]

Geboren wurde er am 15. Mai 1911. Die Eltern wohnten in der Heliosstraße, Zürich-Hottingen. Der Vater, Franz Bruno Frisch, war Architekt. Die Mutter hieß mit Vornamen Karolina Bettina (geborene Wildermuth) und hatte in jungen Jahren Rußland gesehen: als Kinderfräulein. Es gab zwei Geschwister: eine Halbschwester, die der Vater mit in die Ehe gebracht hatte, deren Mutter bei der Geburt gestorben war, und einen Bruder. Eine schwierige Kindheit hat Max Frisch nach allem, was man weiß, nicht gehabt. Allerdings wuchs er unter ärmlichen Bedingungen auf. Im Ersten Weltkrieg konnte der Vater nicht mehr in seinem Beruf arbeiten und versuchte sich als Grundstücksmakler. Die Mutter ging mit dem kleinen Max im Herbst durch Wälder und Gärten, um Fallobst zu suchen. Kaffee wurde aus gesammelten Bucheckern bereitet. Man hatte Schulden, der Vater konnte mit Geld nicht umgehen: Wenn ihm ein Geschäft geglückt war, wollte er es auch genießen – und sei es, daß er seiner Frau eine Brosche schenkte. Das Gaswerk gab längst keinen Kredit mehr:

Der grüne Gas-Automat in der Diele, die Mutter muß immer einen Zwanziger einwerfen, damit am Herd die Flamme kommt, und dann ist das Gas plötzlich wieder weg, und es braucht viele Zwanziger, wenn etwas lang kochen muß; da hilft es nichts, daß der Vater, wenn er spät in der Nacht heimkommt, vielleicht noch einen Zwanziger in der Tasche haben wird.[6]

So hat es Max Frisch später in einer der wenigen präzisen Erinnerungen an die Kindheit notiert. Skizzenhaft hielt er an anderer Stelle Verdrängtes

Die Mutter: Karolina Bettina Wildermuth

fest, als er, sechzig Jahre alt, in New York für kurze Zeit die Wohnung einer Psychiaterin gemietet und sich spaßeshalber auf den Patientensessel gesetzt hatte. Generalstreik 1918: *Studenten mit Couleur-Mütze als Straßenbahnführer, dahinter Soldaten mit Helm und aufgepflanztem Bajonett, die den Streikbrecher beschützten.*[7] Ihm fielen die Kriegskinder aus Wien wieder ein: *Ich spielte lieber mit ihnen, sie wußten andere Spiele, aber es ging nur heimlich, und als ich ertappt wurde, war es eine Schmach; ich war ein Abtrünniger.*[8] Und Lenin: *Das schmale Männchen, das im Nachbarhaus ein und aus ging; mein Vater sagte, der wolle alles in dieser Welt kaputtmachen.*[9]

Zum Vater hat Max Frisch kein Verhältnis gehabt. Die Mutter, die lange lebte, stand ihm näher. Auch der Bruder, acht Jahre älter, war alles in allem eine positive Figur für ihn. Gab es keine Konflikte? *Es muß sie gegeben haben. Ich erinnere mich nur schwach. Der Bruder war schon pubertär, als ich noch ein Kind war, dann, als ich aufs Gymnasium ging,*

Der Vater: Franz Bruno Frisch

war er schon Student. Er wußte immer mehr, war immer diesen Sprung voraus, der stimulierend ist. Große Spannungen, glaube ich, gab es nicht. Das lag an ihm, weil er ein milder, toleranter Mensch war. Er hat ein bißchen den Vater ersetzt. Zum Vater eine schwache, eigentlich eine Nicht-Beziehung. Ich rede auch nie von meinem Vater. Dabei ist nicht etwa irgendetwas Fürchterliches zu überdecken. Es ist von meiner Seite eine Gefühlslücke, ohne daß ich, soweit ich sehe, eine enorme Mutterbindung gehabt hätte. Etwas über meinen Vater zu schreiben, wäre eine für mich notwendige Arbeit. Es kann ja nicht einfach ein Vakuum sein. Warum mache ich ein Vakuum daraus? Das interessiert mich eigentlich.[10]

Franz Bruno Frisch, der Architekt, war ein Autodidakt. Einige seiner Jugendstil-Bauten stehen heute noch. Nach dem Weltkrieg nahm er seinen Beruf nicht wieder auf: Er blieb Liegenschaftsmakler. Nach Auskunft von Max Frisch war der Vater ein bequemer Mensch. Er starb 1932, knapp über sechzig. Die Mutter ist 91 Jahre alt geworden und starb 1966.

Karolina Frisch hat ihren jüngsten Sohn mehr geformt als der Vater: Die Abenteuer- und Reiselust der Frau muß den Jungen fasziniert haben. Sie konnte Geschichten aus fernen Gegenden anschaulich erzählen.

Die Mutter war zentral. Aber ich glaube nicht, daß es eine Ödipus-Situation war. Ich habe nach dem Tod des Vaters auch eine Zeitlang mit ihr gelebt, weil kein Geld da war. Über Jahre hin, als ich verheiratet war, habe ich sie sehr selten gesehen. Sie kommt aus einem sehr gemischten Milieu. Der Vater, Wildermuth, kam aus dem Württembergischen. Er war Maler, seine Aquarelle waren hübsch, nicht bedeutend. Seinen Lebensunterhalt verdiente er als Leiter der Kunstgewerbeschule in Zürich. Er hatte viele Töchter und kümmerte sich nicht weiter um sie. Meine Mutter ging dann nach Wien, Berlin und Rußland als Gouvernante. Das war damals ein großer Schritt. Rußland war für mich immer das Märchenland: Wie sie von den Wölfen erzählt hat! Wenn man krank war, durfte man das russische Album anschauen. So war Rußland: Mütterchen Rußland. Das Bild, das

Max (zweiter von links) mit Spielkameraden

Max (links) mit den Frauen der Familie

ich von meiner Mutter habe, ist eine Art Ikone, vielleicht wird es irgendwann eine Revision erfahren.[11]

Von 1924 bis 1930 besuchte der junge Frisch die Oberschule, das Kantonale Realgymnasium in Zürich; er war nach eigener Auskunft kein besonders guter Schüler, doch durchlief er die Klassen ohne Probleme. Wichtig wurde in dieser Zeit ein Freund, dessen Namen man nicht kennt und der später noch eine entscheidende Rolle spielte. Max Frisch hat Jahrzehnte danach ein Porträt von ihm entworfen. Darin ist auch etwas über den Beginn der ungleichen Freundschaft zu lesen: *Nach der Schule begleitete ich ihn nach Hause, was für mich ein großer Umweg war, aber ein Gewinn; durch ihn hörte ich zum ersten Mal von Nietzsche, von Oswald Spengler, von Schopenhauer. Seine Eltern waren sehr reich ... Er war ein philosophisches Temperament; ich staunte, was sein Hirn alles denken kann. Auch war er sehr musikalisch, was ich nicht bin; Abende lang spielte er mir Platten von Bach, von Mozart, von Anton Bruckner und von andern, die ich noch nicht einmal dem Namen nach kannte; kein Mensch sei völlig unmusikalisch, sagte er.*[12] Max Frisch war in seiner Jugend keineswegs ein Stubenhocker, der sich hinter Büchern vergrub. Wie er in einer autobiographischen Skizze aus dem Jahre 1948 offenbarte, war er überhaupt kein großer Leser:

Max mit seinem Bruder Franz

Die Mutter mit ihren beiden Söhnen

Ich weiß nicht, warum ich von allen Kameraden der einzige war, der nie einen Karl May las, eigentlich auch keine anderen Bücher; außer Don Quixote und Onkel Toms Hütte, die mir unsäglich gefielen, aber genügten. Was mich unersättlicher begeisterte, war Fußball und später Theater. Eine Aufführung der Räuber, eine vermutlich sehr schwache Aufführung, wirkte so, daß ich nicht begriff, wieso Menschen, Erwachsene, die genug Taschengeld haben und keine Schulaufgaben, nicht jeden Abend im Theater verbringen. Das war es doch, das Leben. Eine ziemliche Verwirrung verursachte das erste Stück, wo ich Leute in unseren alltäglichen Kleidern auf der Bühne sah; das hieß ja nicht mehr und nicht weniger, als daß man auch heutzutage Stücke schreiben könnte.[13]

Das ist nun gewiß aus der Erinnerung ein wenig pointiert – als Frisch dies notierte, waren seine eigenen Stücke schon erfolgreich über manche Bühne gegangen. Was er hier beschreibt, ist wohl auch ein Teil aus jener Geschichte, die sich der Mensch erfindet, um sie dann für sein Leben zu halten. Doch soll an dem Sachverhalt nicht gezweifelt werden. Die Folgen der Verwirrung des jungen Mannes sind aktenkundig. Im Alter von sechzehn schickte der Schüler ein selbst verfaßtes Theaterstück nach Berlin: an Max Reinhardt.

Der junge Dichter

Im Frühjahr 1931 wurde Max Frisch gefragt, ob er Offizier werden wolle. Er hatte zwei Monate lang die Rekrutenschule besucht. Er lehnte ab, ohne den ausschlaggebenden Grund preiszugeben: Er wollte Dichter werden. Und ein Dichter hat kein Interesse für den Aufstieg beim Militär, einen Aufstieg, der eine gute Basis für die bürgerliche Karriere gewesen wäre (Frisch hat auch während der Zeit des Zweiten Weltkriegs nie einen gehobenen Dienstrang angestrebt). Ohnedies hatte er nach der bestandenen Matur schon dem Drängen der Eltern nachgegeben: Sie wünschten, daß beide Söhne studierten. Der Bruder war mit dem Chemiestudium inzwischen fertig und Leutnant geworden. Für den, der schreiben wollte, schien Germanistik verlockend.

Die Universität enttäuschte Max Frisch: Er lernte dort nicht, wie man Schriftsteller wird. Er versuchte es – wie er bald einsah: erfolglos – mit Gedichten, nachdem er seine Karriere als Theaterautor für beendet hielt. Max Reinhardt hatte das Stück mit dem Titel *Stahl* nach sieben Wochen wieder zurückgeschickt. Ein ausführlicher Brief war dabei gewesen, den der verzweifelte Autor nicht verstand. Er schrieb trotzdem noch drei oder vier Stücke (sie alle sind wie das erste verschollen), darunter eine Ehekomödie und eine Mondlandungs-Farce. Dann meinte er erkannt zu haben: Die Bühne ist nicht sein Feld.

Mit dem Theater hatte die erste Veröffentlichung dann doch zu tun. Im Mai 1931, ein paar Tage nach seinem zwanzigsten Geburtstag, druckte die «Neue Zürcher Zeitung» einen kleinen Beitrag, einen Bericht über eine Theaterkunst-Ausstellung: *Mimische Partitur?*[14] Max Frisch hatte ihn einfach der Zeitung zugeschickt, und nun war sein Text erschienen. *Das war tatsächlich enorm. Daß das wirklich Wort für Wort da war. Dann noch der Name gedruckt!*[15] Immerhin war dieses kleine Debüt ein origineller Beitrag: Der junge Mann zeigte Mut zur Meinung. Er wollte nicht bloß referieren, er wollte beweisen, daß er etwas zu sagen hat. Wie sollte man sonst auffallen?

Ein Jahr danach, im Frühjahr 1932, starb der Vater.[16] Frisch begann nun, regelmäßig für Zeitungen zu schreiben. Obgleich ihm ein Professor ein Stipendium verschaffte (800 Franken im Jahr), brach er das Studium *aus Geldmangel und Abenteuerlust*[17] vorerst ab. Vor allem wollte er be-

Beim Skilaufen auf der Zürcher Dolderwiese

weisen, daß er auf eigenen Füßen stehen kann. Der Universität trauerte er nicht nach. Heute mag man ihn um seine Lehrer beneiden: Bei C. G. Jung hatte er Vorlesungen über Psychologie, bei Heinrich Wölfflin über Kunstgeschichte und bei Emil Ermattinger über Literatur gehört. Statt dessen stellte er sich in den Zeitungsredaktionen vor. Bald konnte er sein Sprüchlein auswendig hersagen: *Vergangene Woche ist mir der Vater gestorben. Ich habe Literatur und Journalistik studiert. Mein Studium muß ich unverzüglich abbrechen, um mich aus eigener Kraft durchzuschlagen, so gut das eben geht. Ich bin einundzwanzig. Illusionen mache ich mir ja keine; aber ich vertraue auf meine journalistische Befähigung und habe auch Anerkennungen und Empfehlungen –*[18] Das klang sehr selbstgewiß, war jedoch gespielt. Damals notierte Frisch: *Man schreibt und telefoniert und stellt sich vor. Und während man sich selbst empfiehlt, stößt und sticht einen immer und immer wieder die Frage: was bist du denn eigentlich?*[19]

Bemerkenswert ist freilich, daß der journalistische Anfänger solcherart Selbsteinschätzung nicht für sich behielt, sondern als Feuilleton in die Zeitung brachte. Überhaupt war er nicht bange, von sich zu sprechen. Ob es eine Reportage über die Arbeit als Postgehilfe oder über den Straßen-

Max Frisch, Anfang der dreißiger Jahre

bau in den Bergen war (wobei er jeweils tüchtig mitanfaßte), immer wieder nutzte er die Gelegenheit, sich zu offenbaren. Und er überhöhte seine Subjektivität noch mit allgemeinen Gedanken dieser Art: *Aber weil wir letzten Endes, sofern wir ehrlich sind, ausschließlich von uns selber aussagen können, darf ich vielleicht nur sagen, daß dies für mich Richtigkeit hat. Und weil wir schon bei der Ich-Ehrlichkeit sind: Ich bin nicht hergekommen, um der armen Bergbevölkerung zu helfen, sondern um mir zu helfen.*[20] So schrieb er Anfang Zwanzig: Wenn ihm Drama und Gedicht nicht gelangen, dann wollte er wenigstens auf der Zeitungsseite Literatur machen. Seine Artikel trugen Titel wie: *Wolken am Abend, Ein Mensch geht weg, Stadtherbst* oder *Freunde und Fremde.*[21] Er schrieb auch Buchrezensionen.

Bald reichte ihm das nicht mehr: Es galt, die Welt kennenzulernen. Als im Frühjahr 1933 in Prag die Eishockey-Weltmeisterschaft anstand, erzählte er gleich in zwei Redaktionen, er würde ohnehin fahren: Ob er für sie berichten dürfe? Er durfte: *Ich war stolz darauf, wie ich das gemanagt hatte.*[22] Spesen erhielt er nicht. Es wurde eine lange Reise. *Ich dachte, ich gehe für vierzehn Tage fort, und bin dann ein halbes Jahr geblieben.*[23] Er blieb von April bis Oktober im Ausland und reiste von Prag weiter nach

Belgrad, Sarajewo, Dubrovnik, Zagreb, Istanbul, Athen, Korinth und Delphi. Zurück führte der Weg noch einmal über Dubrovnik und dann nach Bari und Rom. Er war in dieser Zeit auf das Zeitungshonorar angewiesen. Oft saß er in einem Hotel und wußte nicht, womit er es bezahlen sollte. Das Frühstück blieb nicht selten die einzige Mahlzeit. In Prag hatte er dem Beamten eines Ministeriums weisgemacht, er sei studienhalber für eine Zeitung unterwegs. Mit Knickerbocker und Akkreditierungsausweis war er aufmarschiert.

Er glaubte mir nicht so recht, daß ich Journalist sei. Die Reise bis zur Grenze war im voraus bezahlt. Er fragte mich, wo ich ausreisen wolle. Zum Glück hing eine Karte an der Wand. Die längste Strecke führte über Budapest. In Belgrad machte ich dann das gleiche noch einmal, in einer Mischung aus Unbedarftheit und Unverfrorenheit. Diesmal erhielt ich sogar ein Rundreiseticket erster Klasse. Und wieder hing eine Karte an der Wand. Ich wählte schnell den größten denkbaren Weg bis zur bulgarischen Grenze. Wie es von da weitergeht, werden wir sehen, dachte ich. Zweimal dieses Glück: Wie kannst du die größte Gratisfahrt herausholen? Das war nicht einmal clever, sondern eine glückliche, hermesgelenkte Keckheit.[24]

Max Frisch schrieb viel in diesen Monaten (er malte übrigens auch), und eine Menge wurde in der Zeitung daheim gedruckt. Erstmals blitzte in diesen Berichten etwas von der Problematik der Geschlechter-Bezie-

Titelbild «Jürg Reinhart»

hungen auf. Aus Sarajewo ließ er sich über die verschleierten Frauen verlauten: Die Vermummung erhöhe den Reiz, *indem sie in uns den Ergänzer und Erdichter weckt.* Zuhause dagegen werde der Mann, *der immer ein Träumer ist*, durch Einblicke bestohlen *um alles Erahnen.*[25] Frisch war, wie er später schrieb, damals *ledig jeder Pflicht, frei, bereit für jede Gegenwart ... Das war, obschon verdüstert durch den jähen Tod einer jungen Frau, eine volle und glückliche Zeit.*[26] Diese junge Frau – war sie die erste Liebe? *Das war eine reine Verehrungsgeschichte. Sie leitete in Dubrovnik mit ihrer Mutter eine Pension. Sie war dreiunddreißig Jahre alt, eine dicke Blonde, Ostdeutsche. Als ich weg war, auf meiner Reise nach Istanbul, ist sie gestorben. Ich kam zurück, und sie war schon begraben. Ich habe ihrer Mutter noch drei Wochen geholfen, bei der Buchhaltung.*[27]

Vieles davon findet sich im ersten Roman wieder. *Jürg Reinhart*, Untertitel: *Eine sommerliche Schicksalsfahrt*, erschien 1934 in der Deutschen Verlags-Anstalt. Frisch hatte von Herbst 1933 bis Frühjahr 1934 daran gearbeitet und Notizen verwendet, die nicht zu Zeitungsartikeln verarbeitet worden waren. Eigentlich wollte er nur kurz nach Hause kommen, zum Geburtstag seiner Mutter. Er blieb dann im Lande, weil er sich in eine Studentin aus Berlin verliebte, und er schrieb. Frisch im Gespräch (fast ein halbes Jahrhundert danach): *Es waren soviel Texte da, und dann habe ich das halt gemacht; so Feuilletons, die ich einfach zusammengekittet habe.*[28] Das Buch, das längst vergriffen ist[29], kann in der Tat seinen Charakter als Anfängerarbeit nicht verleugnen, doch als literarisches Debüt eines Dreiundzwanzigjährigen muß es sich auch nicht verstecken.

Der junge Jürg Reinhart verbringt eine unbeschwerte Sommerzeit in Ragusa, in einem kleinen Hotel am Meer. Er verdient sich das Wenige, das er braucht, mit Zeitungsartikeln, die daheim veröffentlicht werden. Seine Gedanken kreisen um drei Frauen: eine holländische Gräfin, die Gast ist wie er, das Dienstmädchen Hilde und Ilse, die kranke Tochter der Hotelbesitzerin. Vor der ersten flieht er, ihren Verführungsabsichten während einer nächtlichen Bootsfahrt entzieht er sich durch einen Sprung ins Wasser; bei der zweiten mißglücken seine Annäherungen auf komische Art, wiederum auf dem Meer: Fischer schleppen das zu weit hinausgetriebene Segelschiff ab; mit der dritten Frau redet er nur. Worüber? Über Sexualität und die Angst vor dem ersten Mal. *Jeder Lump wagt es! Bloß ich nicht!*[30] sagt er seiner kranken und geduldigen Freundin. Für Reinhart bedeutet das alles *einen niederschmetternden Schwächebeweis, eine Lebensniederlage*[31]. Und ein wenig pathetisch erhöht er sein Zaudern zu einem philosophischen Zurückschrecken: *Aber wenn die erste Nacht mit einer Frau nicht ein Erlebnis sein würde, das allen Dingen dieser Welt endlich einen sinnvollen Inhalt gibt, wenn man aufstehen müßte und kein Anderer und Neuer wäre, wenn auch die Frau nicht das Glück bedeutet: ich weiß nicht, wo man das Glück dann suchen soll?*[32]

Frisch war bis dahin, was Frauen anging, ein verträumter und zurückhaltender Mensch gewesen. Auf der Universität hatte er sich mehrere Male verliebt, aber die jeweils Erwählte war davon nicht in Kenntnis gesetzt worden. Bemerkenswert ist indes, wie offen der junge Romancier von seinen Problemen im Roman reden konnte. Doch diese autobiographisch bestimmte Thematik scheint ihm für ein literarisches Werk nicht gereicht zu haben. Ein gewichtigeres Problem mußte her. So mündet der kleine Debütroman in eine ausführliche Diskussion über eine mögliche ethische Rechtfertigung von Sterbehilfe. Anders als die junge Deutsche, die das Vorbild abgab, ist die Romanfigur Inge noch am Leben, als Reinhart von einer längeren Reise nach Ragusa zurückkehrt. Sie liegt im Todeskampf. Die Mutter fragt sich: *Ist es Töten, wenn man es aus Liebe tut? Wir sind Menschen, die zusehen und ein Gefühl haben: und nicht die Kraft? Niemand? Und wir lassen sie sterben wie einen Hund?*[33] Einer hat die Kraft: Reinhart. Er entwickelt sich so vom Zuschauer in einen Handelnden.

Der junge Autor wollte allerdings mehr, als in seinen Kräften lag. Er versuchte mit philosophischen Spekulationen zu imponieren – ohne Distanz zu seinem heiklen Thema. Dennoch ist interessant, wie in diesem anfängerhaften Roman *Jürg Reinhart* stilistische Muster und thematische Motive erscheinen, die Frisch später wieder aufgegriffen hat, ja, die bis hin zu den jüngsten Werken eine Rolle spielen. So gibt es schon hier einen Dialog mit dem Totenreich: Jürg erhält von Inge postum eine Rechtfertigung für seine Handlung.[34] Und das aus der Erzählung *Blaubart* von 1982 bekannte Motiv einer unbestimmten Schuld, die vor einem Gericht nicht zu verhandeln ist, findet sich ebenfalls.[35] Auch gibt es eine hinreißende Szene, in der der junge Held auf einer Schiffsfahrt in eine Rolle gedrängt wird, der er nicht mehr entrinnen kann: Man hält ihn für einen berühmten Pianisten, der aus Bescheidenheit keine Probe seiner Kunst geben will.[36] Da wird erstmals der spätere Könner sichtbar, der ironische Beobachter Max Frisch.

Wenn ein Schweizer 1934 in einem deutschen Verlag ein Buch erscheinen ließ, in dem er sich für Sterbehilfe einsetzte, so gibt das Anlaß zu Fragen. Sprach sich hier einer für die Vernichtung «unwerten Lebens» aus? Gab es direkte oder indirekte Berührungspunkte mit der Nazi-Ideologie? Schon bald nach Erscheinen des Buches hatte Frisch Gelegenheit, Mißverständnisse auszuräumen. Im Frühjahr 1935 reiste er erstmals ins Deutsche Reich. Für die «Neue Zürcher Zeitung» schrieb er ein *Kleines Tagebuch einer deutschen Reise*, das dort in drei Folgen erschien.[37] Eine Verbeugung vor den faschistischen Machthabern ist darin nicht zu finden. Für den jungen Frisch stand die Frage im Vordergrund, ob sich gegen die herrschenden politischen Verhältnisse noch ein Begriff von deutscher Kultur bewahren ließ. Zu Beginn der Reise notierte er: *Und falls wir das geistige Deutschland, dessen klassische Sprache uns künstlerisches Vorbild ist, nicht wiederfinden sollten im wirklichen und heutigen, müssen wir dann*

alles Geistige und Geliebte für vergangen halten und uns vom jetzigen lossagen; oder können wir den Stillen vertrauen, die noch immer im Lande sind, etwa einem Carossa oder wie sie nun heißen?[38] Er wollte gern trauen, und er versuchte zu trennen zwischen dem, was er sah, und dem, woran er glaubte, denn: ... *uns geht es um einen Glauben, um einen seelischen Boden, der uns selbstverständlich war und nunmehr fraglich wurde, aber ohne den wir vielleicht nicht voll gedeihen können, denn kein ernster Deutschschweizer, ob er nun Dichter oder anderswie Künstler sei, wird leichten Herzens das nachbarliche Deutschland aufgeben dürfen.*[39]

Frisch beschrieb Deutschland zurückhaltend, doch mit einem genauen Blick für die entlarvende Selbstdarstellung der Nationalsozialisten. Aus Stuttgart meldete er: *In einer Parteibuchhandlung sah ich heute alle*

Zürich

Köpfe, deren Namen ich vom Hörensagen kenne: Hitler und Friedrich den Großen, ferner Hindenburg und den heiligen Horst Wessel, und zwischen allerlei Kampfbüchern und erzählenden Werken lagen drei blanke Dolche.[40] In Berlin besuchte er die große Ausstellung «Wunder des Lebens». Und er registrierte: *Was diese Ausstellung über die Juden bringt, die sie als auserwähltes Volk verspottet, läßt es uns äußerst schwer werden, über diesem dritten Reich das ewige Deutschland nicht zu vergessen.*[41] Das waren deutliche Worte. Doch leider stellte sich die Kritik bisweilen in Frage. Es sei zu wünschen, urteilte der Besucher aus der Schweiz, *daß das heutige Reich nach jenem notwendigen Zurückdämmen die Rassenfrage nicht länger auf die Spitze treibe*[42]. Nach welchem «notwendigen Zurückdämmen»? Bei aller Zurückhaltung, von heute her einem zeitgenössischen

Beobachter, der das Ende nicht kannte, Zensuren erteilen zu wollen, muß doch konstatiert werden: Die Neigung, durch altkluge Urteile hervorzutreten, ließ den jungen Dichter gelegentlich zu bedenklichem Vokabular greifen. *Von jeher schwankte das deutsche Wesen, sowohl im Einzelmenschen wie im Volksganzen, zwischen Minderwertigkeitsangst und übersteigertem Selbstbewußtsein.*[43] Das mag als Aperçu nicht einmal falsch sein: Nur ist die Wortwahl, die keine Ironie oder Distanzierung erkennen läßt, fatal und verdrießlich.

Frisch war vor einer Verkennung des menschenverachtenden Charakters faschistischer Politik durch persönliche Umstände gefeit. Seine Freundin Käte, jene Studentin aus Berlin, die er 1933 kennengelernt hatte, war Jüdin. Ihr Onkel, ein berühmter Archäologe (er hat die Nofretete ausgegraben), finanzierte von Kairo aus das Studium in der Schweiz. Mit Käte war Frisch in der folgenden Zeit mehrmals in Deutschland. Einmal besuchten sie in Nürnberg eine Gaststätte trotz des Schilds «Juden unerwünscht», das die Freundin übersehen hatte; ihm wollte das Essen nicht recht schmecken, obgleich nichts passierte. Ein anderes Mal hielt auf dem Badischen Bahnhof in Basel ein Nazi-Beamter das Paar auf. Er fragte Frisch, ob er Journalist sei. Als der nickte, fuhr ihn der Mann an: *Und diese Jüdin liefert Ihnen also die Greuelgeschichten.*[44] Käte fuhr trotzdem immer wieder zu ihren Eltern nach Berlin und beschwor ihren Freund: «Du darfst nicht schlecht über Deutschland denken.»[45] Frisch wollte, daß sie endgültig in der Schweiz blieb, und bat sie, seine Frau zu werden. Das war nach eigenen Angaben 1936.[46] Er erinnerte sich später, daß er im Stadthaus von Zürich bei dieser Gelegenheit unaufgefordert einen Arier-Ausweis ausgehändigt bekam. Wohlgemerkt: in der neutralen Schweiz. Aus der Ehe wurde dann doch nichts: Die junge Frau vermutete hinter dem Heiratsbegehren Fürsorge, nicht Liebe. So jedenfalls hat Frisch es dargestellt. Immerhin war die Beziehung zu Käte seine erste ernsthafte und stetige Bindung: *Nicht einmal in fünf Jahren auch nur die heimliche Versuchung zu einer Untreue.*[47] Käte studierte in Basel weiter, um, wie sie Jahrzehnte später angab, «die Trennung von Max zu überwinden»[48].

Inzwischen war – wieder in der Deutschen Verlags-Anstalt – das zweite Buch erschienen: die Erzählung *Antwort aus der Stille*, 1937. Es ist die Geschichte eines Ausbruchs aus bürgerlicher Enge: Leuthold, ein Lehrer, verläßt seine Verlobte, um während einer Bergbesteigung zu entdecken, was er eigentlich sucht, nämlich *ein wirkliches Leben, ein Leben ohne Gewöhnung, ein Leben voll Erlebnis, ein Leben, wie es unsere Sehnsucht kennt, ein neues und anderes, ein lebenswertes Leben*[49]. Frisch, der schon früh – auch auf Skiern – Bergtouren unternommen hatte, glaubte wohl, das eigene Gefühl, mit seiner Arbeit nicht voranzukommen, durch einen literarischen Kraftakt bewältigen zu können. Was in der Erzählung auf Leuthold gemünzt ist, war durchaus die Meinung des Autors: *Einmal muß man sein jugendliches Hoffen einlösen, wenn es nicht lächerlich werden soll, einlösen durch die männliche Tat.*[50]

Frisch beschloß dann plötzlich, das Schreiben aufzugeben. Wie weit die pathetische Erzählung dabei eine Rolle gespielt hat, ist nicht ganz eindeutig. Der Autor hat sich später nicht gern zu ihr bekannt, sie sei *einfach ein Schmarrn*[51], und er ließ sie in die 1976 erschienene Werkausgabe nicht aufnehmen. Wann genau Max Frisch soweit war, *einzusehen, was es mit dem literarischen Journalismus auf sich hat, wohin es führt, wenn man auch zu Zeiten, wo man nichts zu sagen hat, ins Öffentliche schreibt*[52], ist heute kaum noch festzustellen. Er hat mehrfach die Jahreszahl 1937 angegeben. Doch noch im Oktober jenes Jahres schrieb er an Hermann Hesse und legte sein neues Büchlein bei. In dem Brief ist zwar vom Scheitern der journalistischen Arbeit die Rede, nicht jedoch vom Ende des literarischen Ehrgeizes. Es ist vielmehr der rührend-typische Versuch eines jungen Autors, den erfahrenen Kollegen auf sich aufmerksam zu machen:

Meine Erzählung ist sehr klein, da ich nicht über das Maß hinausgehen möchte, das ich zur Zeit wirklich erfüllen kann; doch gerade dieses Gefühl, daß es nichts Großartiges ist oder sein will, daß es nicht aus Ehrgeiz entstanden ist, wie ich glaube, gibt mir den Mut, es Ihnen vorzulegen und abzuwarten, ob mir eine Antwort zuteil wird.[53]

Eine Antwort von Hesse ist nicht bekannt.[54] Irgendwann nach diesem Brief muß wohl das stattgefunden haben, was Frisch 1948 aus dem Rückblick so beschrieb: *Einmal wurde alles Geschriebene zusammengeschnürt, inbegriffen die Tagebücher, und alles dem Feuer übergeben. Ich mußte zweimal in den Wald hinaufgehen, so viele Bündel gab es, und es war, ich erinnere mich, ein regnerischer Tag, wo das Feuer immer wieder in der Nässe erstickte, ich brauchte eine ganze Schachtel voll Streichhölzer, bis ich mit dem Gefühl der Erleichterung, auch der Leere weitergehen konnte.*[55] Neun Jahre später, 1957, hat Frisch die Geschichte noch einmal in seiner *Rede an junge Lehrer* erzählt: *Mit 25 Jahren war ich fertig mit der Schriftstellerei: Ich wußte, daß es mir im letzten Grund nicht reicht, und verbrannte alles Papier, das beschriebene und das leere dazu, fertig mit falschen Hoffnungen.*[56] Hier nimmt dieser Lebenseinschnitt schon die Qualität einer Anekdote an. Im übrigen irrt sich der zur Zeit der Rede längst erfolgreiche und anerkannte Schriftsteller diesmal eindeutig in der Datierung: Er muß mindestens sechsundzwanzig, wenn nicht siebenundzwanzig Jahre alt gewesen sein, als er seine literarischen Hoffnungen ins Feuer warf. Er schwor sich, nie mehr zu schreiben. Max Frisch arbeitete schon auf einen anderen Beruf hin. Glaubte er damals an seinen Schwur? *Das war sehr ernst gemeint. In dem Sinne: Es reicht nicht!*[57]

Der Bürger als Architekt

Neues Studium und Kriegsbeginn

Max Frisch wollte Architekt werden. Er hatte Mitte Zwanzig Kellers «Grünen Heinrich» gelesen, war tief betroffen und hatte eine Ahnung davon erhalten, daß ein Leben scheitern kann. Ein neuer Anlauf: Ein Freund, jener, der ihm einst Nietzsche und Bruckner nahegebracht hatte, bestärkte ihn nun in der Abkehr vom Schreiben und wollte das zweite Studium sogar finanzieren, 4000 Franken im Jahr, damals kein geringer Betrag. Frisch akzeptierte. 1936, das zweite Buch war noch nicht erschienen, schrieb er sich bei der Eidgenössischen Technischen Hochschule in Zürich ein. Schon ein Jahr später berichtete er – in dem Brief an Hesse – voll Stolz: *Ich bin sechsundzwanzig Jahre alt und habe nach dem Tode meines Vaters, als ich mein germanistisches Studium aufgeben mußte, mehrere Jahre für die Zeitung gearbeitet, bis ich endlich einsah, daß das kein Beruf sein kann, und bis ich mich aufraffte, noch einen andern und sozusagen weltgerechten Beruf hinzu zu lernen, den Beruf des Architekten nämlich.*[58]

Das war seine Entscheidung, seine «männliche Tat»; sie führte ihn wieder näher an bürgerliche Lebensformen heran. Warum Architektur? *Als kleiner Junge bin ich oft im Büro des Vaters gewesen und konnte dort basteln. Darum war das, als ich Schriftstellerei und Journalismus aufgab, der einzige Laden, den ich mir vorstellen konnte: Ich wußte, wie es da aussieht.*[59] Zunächst hielt sich Frisch auch weitgehend an den Vorsatz, nicht mehr zu schreiben. Im Jahre 1936 erschienen wenige Beiträge in der Zeitung, 1937 und 1938 – soweit bekannt – nur noch jeweils ein Artikel.[60] 1939 wurden es wieder ein paar mehr: Ganz konnte der Architekturstudent von seinem Laster nicht lassen.

Dann kam der Krieg. Am 3. September 1939 leistete Frisch im Tessin, bei Arbedo, den Fahneneid; man erwartete den deutschen Überfall. *Es ist ein langer Tag gewesen: morgens noch am Zeichentisch und dann die Fahrt nach Hause, wo alles schon bereit lag, ein rascher Kaffee, und wieder am Bahnhof, eine Viertelstunde, ein Gewimmel von Soldaten und Helmen, ein einziges Gesicht, das alles aufwiegt – und jetzt hockt man da, nicht nur am andern Zipfel unseres Landes, in einer andern Welt überhaupt: es ist,*

Weihnachten beim Militär (zweiter von rechts)

als habe die Zeit einen Sprung bekommen, und man weiß nicht mehr, wie die beiden Teile jemals zusammen gehörten.[61]

Frisch begann, ein Tagebuch zu führen. Er hatte schon 1935 das *Tagebuch eines Soldaten* veröffentlicht, nach einem der jährlichen, sechzehn Tage währenden Wiederholungskurse. Die «Neue Zürcher Zeitung» brachte den Text – der Autor im Rückblick: *furchtbar brav, anpasserisch, uninteressant*[62] – in drei Folgen.[63] Diese Form griff Frisch nun wieder auf; angesichts der Kriegsgefahr auch für die Schweiz ließ er von seinem Vorsatz ab, nie mehr schreiben zu wollen. *Zum ersten Mal glauben wir an den Winter, ganz und gar, ohne zugleich an einen Frühling zu glauben ...*[64] So schrieb er auf einer feldgrauen Schreibmaschine. Er war jeden Tag für eine Stunde freigestellt. Der Hauptmann der Batterie hatte an ihm etwas wiedergutzumachen. Gleich am ersten Tag war ihm eine Drohung gegen den Kanonier Frisch unterlaufen, den einzigen Studenten in der Reihe: *Für Leute wie Sie habe ich im Ernstfall ganz besondere Posten!*[65] Dafür durfte der Akademiker jetzt offiziell das Tagebuch des Grenzdienstes schreiben, er mußte es dem Vorgesetzten nicht einmal vorlegen. Der erste Dienst ging für Frisch am 18. Oktober 1939 zu Ende. Noch im selben Jahr erschien das Tagebuch unter dem Titel *Aus dem Taschenbuch eines Soldaten* in einer Zeitschrift.[66] Als Buch kam es 1940 heraus und hieß nun endgültig *Blätter aus dem Brotsack*.

Frisch hatte wie nebenbei eine wichtige literarische Ausdrucksmöglichkeit für sich entdeckt. Als Schriftsteller knüpfte er hier an die Beiträge für Zeitungen an, die Reiseschilderungen und Genreskizzen, nicht an die

Form der literarisch bemühten Prosa. Plötzlich rückten auch literaturtheoretische Probleme wie von selbst in sein Blickfeld: *Alle Briefe und Aufzeichnungen, die geschrieben werden, bleiben Entstellung. Wir halten uns darin stets an die Ereignisse, mitunter noch an die kleinsten. Weil wir das Andere nicht erfassen können. Das Eigentliche aber, das Mühsame ist das Ereignislose.*[67] Die Erkenntnis, daß nicht alles, was man sagen will, auf der Hand liegt, verhinderte freilich nicht, daß es auch in diesem Buch noch einige Passagen gibt, die sich vielleicht aus der Zeit heraus erklären lassen und aus der persönlichen Situation des Autors, die dennoch schwer genießbar sind: *Was war uns der Friede, solange wir ihn hatten? Ohne die Finsternisse der Nacht, wie knieten wir vor der Sonne? Ohne das Grauen vor dem Tode, wie begriffen wir jemals das Dasein? Alles Leben wächst aus der Gefährdung.*[68] Da war einer – zumindest in diesen ersten Kriegswochen – immer noch auf der Suche nach dem wirklichen Leben, wie er es verstand. Viel später, Jahrzehnte danach, hat Frisch diese Zeit noch einmal beschrieben, dem *treuherzigen Tagebuch*[69] von damals eine andere Dimension hinzugefügt: *Man rechnete mit dem deutschen Überfall. Ich hatte Angst. Ich war dankbar für alles, was nach Waffe aussah. Ich verweigerte mich jedem Zweifel an unserer Armee.*[70]

Im Frühjahr 1940, als man den deutschen Einmarsch unmittelbar erwartete, hatte Frisch wieder Dienst. Er lebte inzwischen – so Frisch mündlich – *ohne jede Bezugsperson.* Er habe damals eine gewisse Freiheitseuphorie erlebt: *Entweder überlebe ich oder nicht. Schade wäre es, nie mehr das Meer zu sehen; nicht: ein Buch, eine Frau, sondern: das Meer.*[71] Auch in diesem Jahr führte er sein Tagebuch weiter, die Fortsetzung wurde Ende 1940 in fünf Teilen von der «Neuen Zürcher Zeitung» gedruckt: *Blätter aus dem Brotsack, Neue Folge*[72]. Frischs Diensttage während des Krieges summierten sich auf sechshundertfünfzig; er teilte seine Zeit zwischen Dienst und dem Studium, später dem Beruf.

Familiengründung und Fortsetzung der literarischen Arbeit

Ich bin dreißig und habe endlich einen Brotberuf, ein Diplom, ich bin dankbar, daß ich eine Stelle habe: acht bis zwölf und eins bis fünf. Ich kann heiraten. Wenn ich den Rechenschieber benutze, so habe ich das Gefühl, ein Fachmann zu sein … Die tägliche Fahrt zur Arbeit: ich bin nicht mehr Student und nicht mehr Schriftsteller, ich gehöre zur Mehrheit.[73] Max Frisch hatte 1941 Urlaub vom Wehrdienst erhalten, um sein Architekturstudium abschließen zu können. Er fand eine Anstellung. Eine Kollegin, die neben ihm am Reißbrett stand, gewann seine Aufmerksamkeit: Constanze von Meyenburg.

Mit ihr wanderte er im Herbst desselben Jahres über den «Pfannenstiel» am oberen Zürichsee. Er wollte ihr die Landschaft des von ihm so

Albin Zollinger

geschätzten Schriftstellers Albin Zollinger zeigen, über den er sich auch als Literaturkritiker schon begeistert geäußert hatte.[74] In einer Bauernwirtschaft kehrten die beiden ein. Und dort saß an einem Tisch das Ehepaar Zollinger. Zunächst war Frisch zu scheu, um den Verehrten anzusprechen, erst als der schon im Aufbruch begriffen war, traute er sich endlich. Es wurde ein zunächst mühsames, dann herzliches Gespräch: *Wir redeten sehr lebhaft, ich erinnere mich, über die Unmöglichkeit, einen Text zu schreiben, der vor Mißverständnis geschützt ist durch sich selbst.*[75] Keine Frage: das war ein Dialog unter Kollegen; Frisch hatte sich Entzug verordnet, doch die Droge Literatur faszinierte ihn weiterhin. Zollinger vereinbarte mit dem jungen Herrn Doktor (ein Mißverständnis), daß man sich bald wieder treffe. *Allein in der Wirtsstube, die er verlassen hatte, fühlte ich mich glücklich wie ein Verlobter, der einem sicheren Glück entgegenlebt. Durch das Sprossenfenster sahen wir gerade noch, wie sie den kleinen Rebberg hinuntergingen. Es dämmerte bereits. Ich war froh, daß ich ihn angesprochen hatte; unser Heimweg war voll Übermut.*[76] Doch zu dem verabredeten Treffen kam es nicht: Zollinger starb drei Wochen später, 47 Jahre alt, an einem Herzschlag. Ein Memento mori für Frisch, den Schriftsteller?

Zunächst stand die bürgerliche Karriere im Vordergrund. Das Jahr 1942 brachte zwei einschneidende Veränderungen. Da war einmal berufliches Glück, das sich in einer offiziellen Darstellung so liest: «Der Stadtrat genehmigte am 5. Januar 1942 ein Raumprogramm und ermächtigte den Vorstand des Bauamts II, einen allgemeinen architektonischen Wettbewerb zur Erlangung von Entwürfen durchzuführen. Aus dem Wettbewerb, woran sich 82 Architekten beteiligten, ist das Projekt von Max Frisch, dipl. Architekt, S.I.A., Zürich, mit dem ersten Preis hervorgegangen. Entsprechend den Empfehlungen des Preisgerichts wurde der erste Preisträger mit der weiteren Projektierung beauftragt.»[77] Es handelte sich bei diesem Projekt um einen Millionen-Auftrag: das Freibad Letzigraben. Es konnte allerdings erst nach dem Krieg realisiert werden. Der Auftrag erlaubte es dem jungen Architekten Frisch, sich selbständig zu machen. Er beschäftigte zeitweilig zwei Zeichner. Die zweite Veränderung betraf das Privatleben: Max Frisch und Constanze von Meyenburg, *Tochter aus großbürgerlichem Haus*[78], heirateten am 30. Juli 1942.

Dann, mitten im Krieg, der die Schweiz nun doch verschonte, gab es 1943 für den Ehemann zweifach Grund zur Freude: Das erste Kind, Tochter Ursula, kam zur Welt. Und ein neuer Roman erschien. Was für Frisch die wichtigere Geburt war, mag eine nüchterne Selbsteinschätzung aus späterer Zeit andeuten: *Als jüngerer Mann habe ich mir Kinder nicht eigentlich gewünscht; die schlichte Nachricht, daß ein Kind gezeugt worden ist, hat mich gefreut: der Frau zuliebe.*[79]

Frisch hatte Ende 1942 ein Romanmanuskript abgeschlossen. Es sollte in einem Schweizer Verlag erscheinen und war als Fortsetzung des Debüts konzipiert. Die Figur Jürg Reinhart taucht wieder auf, nicht mehr im Vordergrund, aber doch als heimliche Hauptfigur. Da der Erstling in der Schweiz nicht mehr zu erhalten war, entschloß sich der Autor, eine gekürzte Fassung davon dem neuen Werk voranzustellen. Seinem Verleger Martin Hürlimann (vom Atlantis-Verlag) schrieb er im März 1943: *Inzwischen habe ich mich bereits (wo immer sich freie Zeit dafür findet) an die neue Fassung von Reinharts Jugenderlebnis gemacht; durch eben diese Arbeit bin ich noch mehr überzeugt, daß diese Geschichte als erste dazugehört: erstens, weil sie einen lebensfrohen Auftakt darstellt, so daß sich das Absinken in die Hinkelmann-Episode besser verträgt; zweitens kommt das ganze Buch zu einer entschiedenen Hauptfigur.*[80] Frisch kürzte den Debütroman für diesen Zweck um etwa zwei Drittel. Das neue Werk sollte ursprünglich «Nichts kehrt uns wieder» heißen (so wünschte es auch der Verlag), doch der Autor entschied sich schließlich für einen anderen, komplizierten Titel: *J'adore ce qui me brûle oder Die Schwierigen.*

Constanze Frisch mit Sohn Hans Peter

Die da besonders lieben, was sie (hier ist das Französische doppeldeutig) entflammt oder verbrennt, sind Männer. Sie machen es sich ein wenig schwer: mit dem Leben, den Frauen und der Kunst. Nicht nur Reinhart, der zum Maler geworden ist, endet durch Selbstmord, sondern auch Hinkelmann, eine tragische Neben- und Spiegelfigur. Der junge Archäologe kann nicht verwinden, daß seine Frau Yvonne ihn verlassen hat. Er ist durchaus schon ein früher Geistesverwandter des Homo faber: *Zum ersten Mal in seinem Leben, das ein Leben aus Arbeit und Erfolg war, dämmerte ihm ein Abgrund, Grauen eines anderen und traumdunklen Daseins mit verschwimmenden Fratzen, mit tosender Brandung, mit Gewittern aus dem Unberechenbaren ...*[81] Hinkelmann gibt den Kontrast zu Reinhart ab, der es leichter mit den Frauen hat, sie aber dennoch verliert: Yvonne, die Eigenwillige, die zum zweitenmal die Ehe sucht, und Hortense, die junge Schülerin des Malers, verheiraten sich mit bürgerlichen Männern. Halb ironisch, halb belehrend kommentiert der Autor aus allwissender Perspektive: *Ein Wunderbares ist um die Ehe. Sie ist möglich, sobald man nichts Unmögliches von ihr fordert, sobald man über den Wahn hinauswächst, man könne sich verstehen, müsse sich verstehen; sobald man aufhört, die Ehe anzusehen als ein Mittel wider die Einsamkeit.*[82]

Das war nicht der einzige autobiographische Bezug in diesem Roman. Max Frisch schwankte immer noch, was seine Berufung anging, und sein Schreiben gab dieser Unsicherheit Ausdruck. Deutlich stellte er den vermeintlichen Widerspruch von bürgerlicher und künstlerischer Existenz in den Vordergrund, ganz im Sinne Thomas Manns. Reinhart wirft einmal seine Werke ins Feuer, im Wald, wie es einst Frisch getan hat, doch im Gegensatz zu seinem Autor kehrt er nicht wieder zur Kunst zurück: Er versucht es ohne Kompromisse mit dem bürgerlichen Leben, scheitert auch hier. Als Gärtner, nun Anton genannt, trifft er noch einmal auf Hortense. Doch das Glück ist nicht wieder einzuholen. *Was bin ich denn? Ein Mann von dreißig Jahren, der just sein eigenes Brot verdient. Hälfte des Lebens, Menschenskind, Hälfte des Lebens! Wann wird man denn endlich erwachen und aufstehen? Wann, du lieber Gott, wann kommt denn die Reife, die man als Jüngling in jedem Erwachsenen neidvoll vermutete? Wann fängt es denn an, das wirkliche, das sinnvolle, wesentliche Leben? Hälfte des Daseins, die hinter ihm liegt, ein Haufen von verbrannten Bildern, verkohlt, in Asche verblasen, vergangen, nie gewesen.*[83]

Frisch, der damals gewiß noch hoffte, beides, Kunst und Bürgertum, miteinander vereinbaren zu können, ließ in seiner Figur Jürg Reinhart nur das Scheitern zu. Mit dem Roman knüpfte er – auch stilistisch – noch einmal an das Frühwerk an: die übernommene Reinhart-Episode paßt sich nahtlos in das Werk. Auch wenn die handwerkliche Sicherheit spürbar gewachsen ist, so gibt es immer noch aufdringliche, gewollt dichterische Passagen. Frisch hat später denn auch mehrfach der Versuchung widerstanden, eine Taschenbuchlizenz für diesen (bei der Kritik übrigens erfolgreichen) Roman zu vergeben. Nur auf Drängen seines Schweizer Verlegers kam es 1957 wenigstens zu einer überarbeiteten Neuauflage; der erste Teil (aus dem Erstlingsroman) wurde wieder gestrichen und der Titel umgestellt: *Die Schwierigen oder J'adore ce qui me brûle.*

Davon, daß an den Grenzen der Schweiz immer noch der Krieg tobte, ist in den literarischen Arbeiten Frischs, die bis 1945 entstanden, nicht viel zu spüren. Der Alltag nahm seinen Lauf, nur gelegentlich von einem Grenzdienst unterbrochen. Frisch war sich der grotesken Gleichzeitigkeit von Zeugenschaft und Lebensroutine durchaus bewußt. *Mit der Dauer*

Kurt Hirschfeld

des Krieges, wir wissen es alle, war nun die Abstumpfung nicht aufzuhalten; man gab sich ruckweise, jedesmal wieder Mühe, ein Zeitgenosse zu sein, schrieb er Ende 1943 in der «Neuen Zürcher Zeitung». *Man macht Feierabend, man holt die Post, die eben geläutet hat, die Zeitung; das andere Auge auf die Milchpfanne gerichtet, die jeden Augenblick meine Geistesgegenwart erfordern kann, lese ich, daß Kassel vernichtet ist.*[84] Über seine Zurückhaltung als Schriftsteller äußerte er sich später: *Wir haben es nicht einmal mit Augen gesehen, und man muß sich fragen, ob uns ein Wort überhaupt ansteht.*[85]

In der 1944 geschriebenen, im Jahr darauf veröffentlichten Erzählung *Bin oder Die Reise nach Peking* jedenfalls wird der so nahe und doch ferne

Seiltänzer auf dem Römer im zerstörten Frankfurt (eine solche Szene beschreibt Frisch im ersten Tagebuch)

Krieg nur einmal kurz erwähnt. *Drüben ist immer noch Krieg*, sagt der Ich-Erzähler, *niemand weiß, wann er aufhören wird, und wie?*[86] Es geht in diesem Buch um eine imaginäre Reise. Peking ist das Ziel – und eine Chiffre: für das Glück, für das im Leben vermeintlich Verfehlte. Zu erreichen ist es nicht: *Unser Dasein ist kurz und Peking so weit!*[87] Ein altes Thema für Frisch: die unerfüllbare Sehnsucht nach dem wirklichen Leben. Aber wie neu, wie leicht kommt das Motiv nun daher: spielerisch, selbstironisch, stilistisch unangestrengt. *Ich ging. Ich ging in der Richtung*

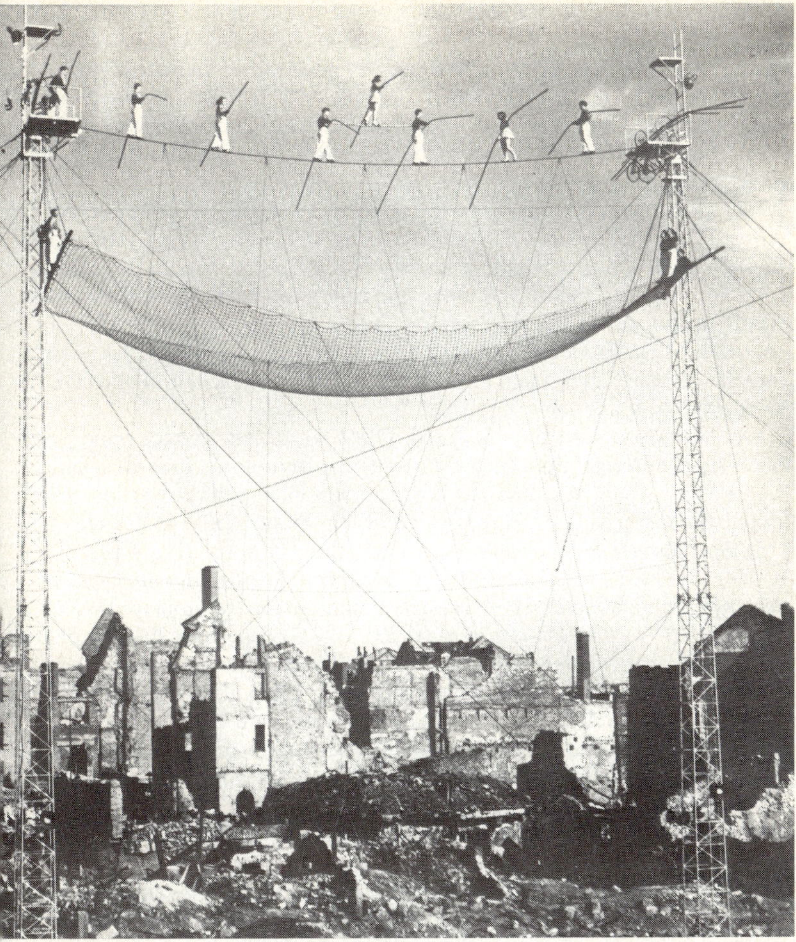

einer Sehnsucht, die weiter nicht nennenswert ist, da sie doch, wir wissen es und lächeln, alljährlich wiederkommt, eine Sache der Jahreszeit, ein märzliches Heimweh nach neuen Menschen, denen man selber noch einmal neu wäre, so, daß es sich auf eine wohlige Weise lohnte zu reden, zu denken über viele Dinge, ja, sich zu begeistern. Heimweh nach ersten langen Gesprächen mit einer fremden Frau.[88]

Bin oder Die Reise nach Peking, die erste Ich-Erzählung, ist eine Wende, eigentlich ein neuer Anfang. Hier hatte Frisch einen zündenden formalen Einfall, dem sich sein Stoff wie selbstverständlich einpaßte. Die Figur Bin, deren Name so chinesisch anmutet, ist als chimärenhaftes Gegenüber des Ich-Erzählers quasi dessen zweite Hälfte. Denn nur zusammen ergeben beide den Kernsatz menschlicher Existenz: Ich bin. Wenn der zweite Teil verschwindet, bleibt nur das nackte Alltagswesen des Menschen: *Manchmal geschah es, daß ich Bin einfach wieder vergessen hatte, wochenlang, vielleicht auch jahrelang. Wer könnte es wissen, da er die Zeit nicht wirklich lebt? Man stellt einen Wecker, man wäscht sich, man schneidet die Fingernägel, man arbeitet, man ißt, man verdient.*[89] Am Ende dieser zauberhaften Erzählung kehrt der Ich-Erzähler von der Wanderung durch seine Träume, Wünsche und Innenwelten zurück zu Frau und Kind. In der vertrauten Umgebung sieht er sich nicht gerade am Ziel seiner Sehnsüchte, doch er fühlt sich wohl. Und aus dem Kind, das er auf den Knien hält, scheint ihm plötzlich Bin entgegenzulächeln. Frisch widmete die Erzählung seiner Frau.

Der Architekt und Familienvater (1944 wurde als zweites Kind der Sohn Hans Peter geboren) ließ nicht von der Literatur ab. In seinem Büro war wenig zu tun, das Freibad konnte noch nicht gebaut werden. Ein Impuls kam von außen. Kurt Hirschfeld, Dramaturg (und später Direktor) des Zürcher Schauspielhauses, hatte Prosa von Frisch gelesen und machte ihm Mut, es mit der Bühne zu versuchen. *Theater, damit sich etwas verkörperlicht. Schreiben am Feierabend. Ich will nicht ertappt werden dabei, daß ich im Büro etwas anderes treibe; nur für dringliche Einfälle liegt ein Zettel unter meinem Reißbrett. In fünf Wochen das erste Stück, das zweite in drei Wochen.*[90] Das zweite wurde dann als erstes aufgeführt: *Nun singen sie wieder*, Anfang 1945 entstanden, erlebte am 29. März desselben Jahres in Zürich seine Uraufführung; *Santa Cruz*, im Herbst 1944 geschrieben, kam – ebenfalls am Schauspielhaus – erst ein Jahr danach heraus: am 7. März 1946. Die beiden Stücke sind grundverschieden; das eine verdankte seine schnelle Premiere der größeren Aktualität. *Santa Cruz*, als *Romanze* bezeichnet, spielt zeitenthoben in *sieben Tagen und in siebzehn Jahren*[91]; *Nun singen sie wieder*, der *Versuch eines Requiems*, gibt ein Bild vom Krieg: Das Stück ist die erste literarische Auseinandersetzung des Autors mit der aus unmittelbarer Nachbarschaft verfolgten und noch immer nicht beendeten Schlacht.

Mit *Santa Cruz* griff Frisch auf seine in der Prosa schon bewährten Sujets zurück. Wieder beleuchtete er das Wechselspiel von Alltag und Fernweh, Einsicht und Sehnsucht, Ehe und Ausbruchslust, Bürgertum und Kunst. Was einst Peking war, ist nun *Hawai* – ein Ort der Träume, und doch nur: *Ein Name, ein Wort*. So jedenfalls sagt es die Frau in dem Stück: *Allein die Angst, du müßtest verzichten darauf. Das ist Hawai.*[92] Sie sagt es zu einem Mann, ihrem ehemaligen Geliebten, von dem sie ein Kind hat. Er, Pelegrin, und ihr Ehemann, der Rittmeister, verkörpern – wie Ich und Bin – zwei Seiten des Mannes. Pelegrin hat Elvira einst – in Santa Cruz –

verlassen und jene Abenteuer gesucht, von denen der Ehemann seitdem träumt: *Solange ich lebe, begleitet ihn meine Sehnsucht; er hat sie zu seinem Segel genommen, das ihn über die Meere treibt, und ich, so wie ich sitze, ich weiß es nicht einmal, wo er mit all meiner Sehnsucht umhertreibt, – während ich arbeite, – Häfen, Küsten, Städte, die ich alle nicht kenne.*[93] Pelegrin immerhin weiß: *Man kann nicht beides haben, scheint es. Der eine hat das Meer, der andere das Schloß; der eine hat Hawai – der andere das Kind ...*[94]

Das war damals auch die Meinung des Autors. In einem Kommentar zu seinem Stück erklärte er, *daß wir offenbar ein Schicksal haben, ein Kreuz, das man auf sich nehmen muß, eine crux oder cruz, um spanischer zu reden*[95]. Und doch klingt das Selbstzitat, das Frisch Elvira in den Mund legte, schon etwas trotzig: *Ein Wunderbares ist um die Ehe!*[96] Deutlich formulierte Frisch Vorbehalte gegen die bürgerliche Rolle; der Rittmeister über seinen Wunsch nach einem Heim: *Ich glaubte es einmal durchaus, solange es noch Ziel war, nicht Erfüllung, nicht Besitz, nicht Alltag.*[97] Von den frühen Stücken Frischs ist dieses das lebendigste geblieben; in der Konstruktion zeigt es große Kunstfertigkeit, wobei heute allenfalls eine gewisse Überdeutlichkeit störend wirkt. So offensichtlich private Probleme den Hintergrund abgeben, so klug wußte sie der Autor, damals Anfang Dreißig, zu einem Modellfall zu verarbeiten. Dieser Modellcharakter weist schon auf die späteren Erfolgsstücke *Biedermann* und *Andorra* voraus. *Santa Cruz* und das Prosastück *Bin oder Die Reise nach Peking*, beide 1944 entstanden, bilden die eigentliche Ouvertüre zum literarischen Werk Max Frischs: wenn auch noch keine Meisterwerke, sind sie doch mehr als nur Gesellenstücke.

Das größere Aufsehen erregte *Nun singen sie wieder*. Dieses Drama, das heute eher ein wenig hilflos wirkt, hatte damals die Kraft des moralischen Appells. Zudem war es eine der ersten Reaktionen des Theaters auf den Zweiten Weltkrieg. Gerade in Deutschland, wo man es in der Spielzeit 1946/47 in München und Hamburg nachspielte, gab es Anlaß zu heftigen Debatten, aber auch zu Bewunderung für die Fähigkeit des neutralen Beobachters, Bilder von beiden Seiten der Front zu geben. Der Titel bezieht sich auf eine Geiselerschießung durch deutsche Soldaten, die auf der Bühne nicht gezeigt wird. Der Gesang der den Tod erwartenden Gruppe zieht sich im Zitat durch die Szenen, die nicht nur zwischen der deutschen und alliierten Seite wechseln, sondern schließlich auch vom Reich der Lebenden in das der Toten überblenden. Der deutsche Soldat, der die Geiseln erschossen hat, der später desertiert und Selbstmord begeht, spricht die Moral aus: *Es gibt keine Ausflucht in den Gehorsam, auch wenn man den Gehorsam zu seiner letzten Tugend macht, er befreit uns nicht von der Verantwortung.*[98] Gerade solche Thesenhaftigkeit hat seinerzeit zum Erfolg von *Nun singen sie wieder* beigetragen; die Bühne wurde als moralische Anstalt ernst genommen. Das Stück ist als zeitgenössische Reaktion zu bewerten, will man ihm gerecht werden. Zum erstenmal rückte Frisch das Tagesgeschehen nicht nur als Kulisse der eigenen Befindlichkeit ins Blickfeld.

Nach dem Krieg: Zwischen Baustelle und Bühne

Manche der Schrecknisse und Greuel des Zweiten Weltkriegs traten erst nach und nach ans Licht und ins Bewußtsein der Weltöffentlichkeit. Deutschlands Städte waren Trümmerhaufen; was aus dem Land, was aus Europa werden sollte, wußte niemand zu sagen; die Sieger konnten sich so bald nicht einig werden. Eine historische Stunde: der Sturm war vorbei, Friede wollte sich nicht einstellen. Wenn wir nach weit mehr als einer Generation noch eine Vorstellung von dieser Situation und Szenerie haben, so verdanken wir es nicht zuletzt dem Schweizer Max Frisch. Er begann 1946, wieder ein Tagebuch zu führen, und notierte darin Eindrücke von Reisen quer durch Europa und besonders durch Deutschland. Es sind unersetzliche Augenzeugenprotokolle. Im Mai 1946 hielt er zum Beispiel über Frankfurt am Main fest:

Wenn man in Frankfurt steht, zumal in der alten Innenstadt, und wenn man an München zurückdenkt: München kann man sich vorstellen, Frankfurt nicht mehr. Eine Tafel zeigt, wo das Goethehaus stand. Daß man nicht mehr auf dem alten Straßenboden geht, entscheidet den Eindruck: die Ruinen stehen nicht, sondern versinken in ihrem eigenen Schutt, und oft erinnert es mich an die heimatlichen Berge, schmale Ziegenwege führen über die Hügel von Geröll, und was noch steht, sind die bizarren Türme eines verwitterten Grates; einmal eine Abortröhre, die in den blauen Himmel ragt, drei Anschlüsse zeigen, wo die Stockwerke waren.[99]

Frisch sprach mit Deutschen, versuchte sich in ihre Lage zu versetzen, übte sich in Geduld, wenn Diskussionen unergiebig, Gespräche schwierig wurden. Es sei von einem Menschen nicht zu erwarten, beschwichtigte er sich selbst, daß er über seine eigenen Ruinen hinaussehe.[100] Die Zerstörungen, denen er sich gegenübersah, nicht nur auf den Straßen, sondern auch in den Menschen, hielt Frisch in einer klaren, einfachen Sprache fest; der 35 Jahre alte Autor war nun auf der Höhe seiner stilistischen Kraft. Er klammerte sich angesichts des Elends an sein Schreiben, und es wurde ihm zugleich problematisch: *Im Grunde ist alles, was wir in diesen Tagen aufschreiben, nichts als eine verzweifelte Notwehr, die immerfort auf Kosten der Wahrhaftigkeit geht, unweigerlich; denn wer im letzten Grunde wahrhaftig bliebe, käme nicht mehr zurück, wenn er das Chaos betritt – oder er müßte es verwandelt haben. Dazwischen gibt es nur das Unwahrhaftige.*[101]

Im Frühjahr 1946 wurde das Projekt des Schwimmbads endgültig genehmigt – in reduzierter Form. Jeden Morgen fuhr der Architekt, wenn er nicht auf Reisen war, mit dem Fahrrad in sein Büro. Es gab wieder viel zu tun. Da bot sich die Form des Tagebuchs als Sammlung von Notizen, Skizzen und Entwürfen, in Pausen und am Feierabend entstanden, geradezu an. Der Konflikt ließ sich zunächst meistern; auch indem Frisch ihn zum Thema machte. Arbeit im Büro: ja, aber: *Wenn auch nur die Form eines einzelnen Satzes gelingt, der scheinbar nichts mit allem gemein hat, was ringsum geschieht – wie wenig das Uferlose uns anhaben kann, das Gestaltlose im eigenen Innern und rings in der Welt!*[102]

Am 10. Oktober 1946 kam das dritte Theaterstück auf die Bühne: wieder im Zürcher Schauspielhaus, einer Stätte, der Frisch entscheidende Impulse verdankte. Hier hatte sich während des Kriegs eine Gruppe von Schauspielern und Regisseuren zusammengefunden, Schweizern und Emigranten, und das Schauspielhaus für ein paar Jahre zur wichtigsten deutschsprachigen Bühne gemacht. Stücke von Bertolt Brecht und Thornton Wilder waren aufgeführt worden. Für Frisch war das eine gute Schule: Im direkten Kontakt mit hervorragenden Theaterleuten bildete er sich zum Dramatiker aus. *Die chinesische Mauer*, sein neues Stück, erwies, wie souverän und durchaus eigenständig er die Mittel des modernen Theaters beherrschte. Deutlicher noch als die beiden Vorgänger verweigert dieses Drama die Illusion eines realistischen Raums. Es spielt zugleich in der Gegenwart und in vergangenen Jahrhunderten, in Europa, Amerika, China und Ägypten. Der Kaiser von China, Napoleon, Kolumbus, Cleopatra und viele andere treten auf, mischen sich unwissend und arglos in die Fragen einer Zeit, in der die Existenz der Atombombe alles verändert hat. *Zum ersten Mal in der Geschichte der Menschheit*, so werden sie belehrt, *stehen wir vor der Wahl, ob es die Menschheit geben soll oder nicht. Die Sintflut ist herstellbar.*[103] Und: *Es gibt keine Arche gegen Radioaktivität.*[104] Das Thema des Stücks, die Bedrohung durch die nukleare Weltkatastrophe und die Hilflosigkeit der Intellektuellen, der Warner, sprengt den traditionellen Theaterrahmen: die Figuren sind Masken, die Handlung eine Farce. Als *Farce* hat Frisch sein Stück auch selbst bezeichnet. Es ist das aktuellste unter den frühen dramatischen Werken geblieben: Die Zeitläufte wollten es so. Wenn es trotzdem ein wenig in Vergessenheit geraten ist (obwohl es der Autor später noch mehrere Male überarbeitet hat), so liegt das einerseits daran, daß hier eine leicht einleuchtende Warnung in einen ungemein aufwendigen Apparat verpackt worden ist, andererseits wohl daran, daß das Stück zu früh kam. Die Komödie «Die Physiker» von Friedrich Dürrenmatt, ein thematisch vergleichbares Theaterstück, eroberte gut fünfzehn Jahre später die Bühnen.

Frisch reiste umher. 1946 war er nicht nur in Frankfurt, München, Nürnberg und Würzburg, sondern auch in Genua und Mailand, 1947 in Davos, Prag, Florenz und Siena. Er schrieb weiter an seinem Tagebuch. Ein erster Teil erschien 1947 als *Tagebuch mit Marion* (Marion ist ein

Marionettenspieler). Der Autor war noch in Italien, als er Korrektur lesen mußte; er notierte im September 1947: *Gestern habe ich den Umbruch meines bisherigen Tagebuches bekommen, das ist immer eine leidige Sache, Arbeit nach rückwärts. Sich selber lesen! Ich brauche viel Cinzano dazu.* Dann fügte er schnell an: *Was nicht sagen soll, daß das Schreiben kein Vergnügen sei! Ich werde es nicht lassen.*[105] Einen Monat später hielt er fest: *Siena wird für diesmal unsere letzte Station sein. Autobusse stehen da: Arrezzo, Orvieto, Roma. Selbst in solchen Stunden, wo man sie schmerzlich empfindet, halte ich die berufliche Bindung für einen Segen. Zwang zur Beschränkung, Steigerung des Genusses.*[106] Damit meinte er seine Aufgaben als Architekt.

Im August war in Zürich endlich mit dem Bau des Schwimmbads Letzigraben begonnen worden. Doch es gab immer noch Schwierigkeiten;

Max Frisch auf der Baustelle des Schwimmbads

Besuch von Bertolt Brecht auf der Baustelle

Frisch nannte sie beim Namen: *Ich denke wieder an die Herren vom Trust, die ihren Zement nicht liefern wollen für unser Volksbad. Die Industrie, der sie sich verwaltungsrätlich verbunden fühlen, hat zur Zeit so dringende Bauten, um ihre Gewinne unterzubringen. Die Industrie, sagen sie, könne den Bau einer solchen Anlage jetzt nicht gutheißen. Wer hat gutzuheißen?*

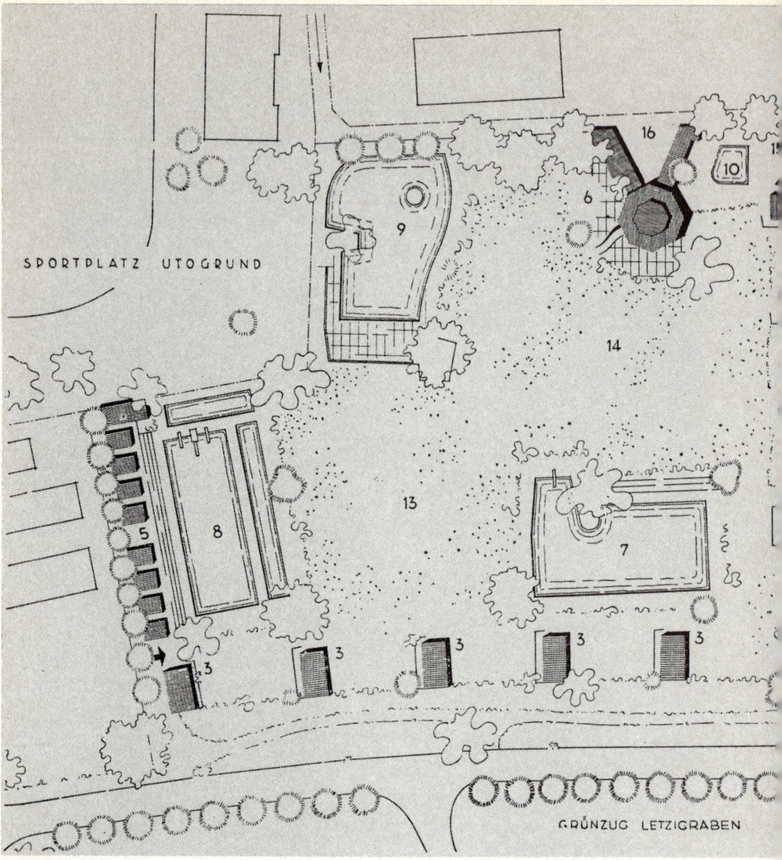

Situationszeichnung des Schwimmbads Letzigraben im Maßstab 1 : 2500

Das Volk hat abgestimmt. Ihr unverfrorener Vorschlag: die Stadt könne ja ausländischen Zement beziehen, der zwar teuer ist, aber ebenfalls nur durch diesen Trust erhältlich. Die Gruben für unsere Bassins sind ausgebaggert.[107] Ein Stück Schweizer «Nachkriegsgeschichte».

Einer der Gäste auf der Baustelle war Bertolt Brecht. Frisch hatte ihn im November 1947 in der Wohnung Kurt Hirschfelds, des Dramaturgen, kennengelernt. Es wurde eine wichtige Begegnung. Auf der Baustelle war Frisch derjenige, der erklären konnte; wenn es um dramaturgische oder gar politische Fragen ging, war Brecht der Überlegene, bisweilen Dozierende. Der Jüngere fühlte sich mattgesetzt, wenn ihm der geschulte Mar-

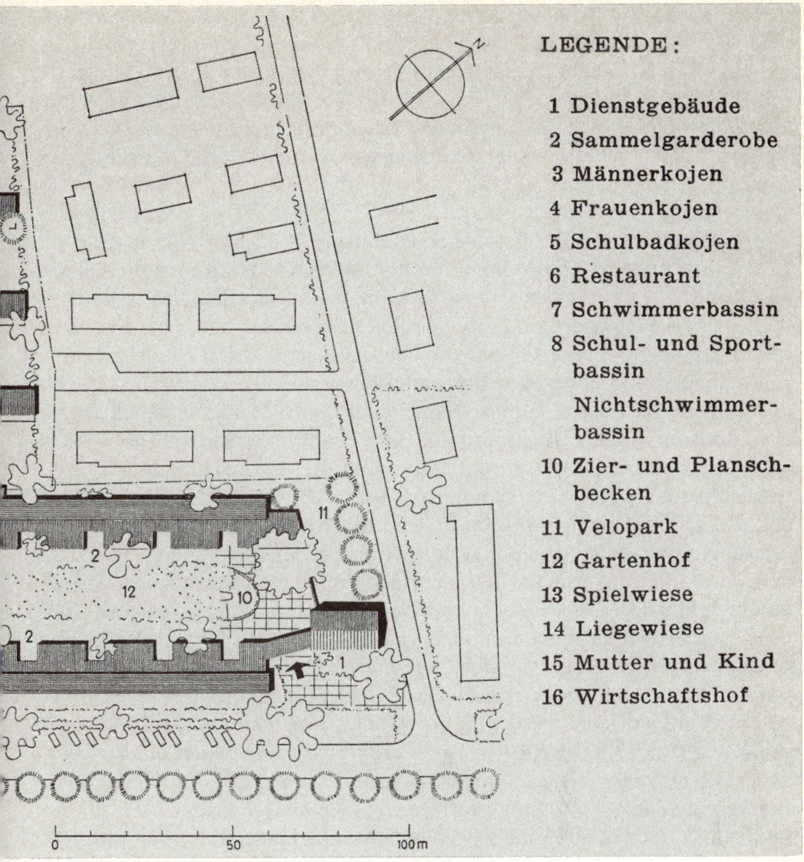

xist mit Dialektik kam. Er sah sich geschlagen, doch nicht überzeugt. Die Diskussion um ideologische Fragen schlief bald ein; sie war wohl für beide Teile unergiebig. Dennoch gehören die Gespräche mit Brecht zu den wesentlichen Anregungen für Frisch in dieser Zeit. Der Umgang gestaltete sich nicht immer einfach, und trotzdem blieb der Kontakt über lange Zeit recht rege. Einmal ging man gemeinsam baden, einmal erhielt der junge Dramatiker vom Meister ein Manuskript zur Beurteilung. Besonders imponierte Frisch die rasche Auffassungsgabe Brechts während der Besichtigungen. *Von allen, die ich bisher durch die Bauten geführt habe, ist Brecht der weitaus dankbarste, wißbegierig, ein Könner in Fragen.*[108] Der Besucher lobte auch. Frisch habe einen ehrlichen Beruf, befand er.[109]

Doch der Schweizer wollte nicht nur als Baumeister Zuspruch erfahren. Ein neues Theaterstück, das erst *Ihr Morgen ist die Finsternis*, dann *Judith* und schließlich *Als der Krieg zu Ende war* hieß, bekam Brecht im Manuskript zu sehen. Seine Reaktion war zurückhaltend. Frisch habe nicht die adäquate Form gewählt, er mute dem Theater als Institution zu wenig zu, schrieb Brecht im Juli 1948.[110] Tatsächlich ist das Stück das konventionellste Drama Frischs. Es spielt im Frühjahr 1945 in Berlin: Eine Frau versteckt ihren Mann, der nur noch seine Uniform zum Anziehen hat. Ein sowjetischer Oberst verliebt sich in sie. Sie wird seine Geliebte, und sie erwidert die Liebe, obgleich die beiden kaum miteinander reden können. Als der Oberst die Wahrheit über ihren Mann erfährt, fühlt er sich mißbraucht; wortlos verläßt er das Haus. Der Ehemann gehört zu jenen Soldaten, die im Warschauer Getto Massenerschießungen durchführten. Seine Frau nimmt sich das Leben. Diesen Schluß hat Frisch später gestrichen: Das Stück endet mit der Offenbarung und dem abrupten Ende der Liebe zwischen dem Russen und der Deutschen. Die Schwäche des Dramas liegt darin, daß es eine These illustriert. Frisch hat sie mehrfach formuliert (und einige Jahre danach in *Andorra* noch einmal in anderer Form aufgegriffen). Für die Buchausgabe schrieb er Ende 1948 in einem Nachwort: *Das Gebot, man solle sich kein Bildnis machen von Gott, verliert wohl seinen Sinn nicht, wenn wir Gott begreifen als das Lebendige in jedem Menschen, das Unfaßbare, das Unnennbare, das wir als solches nur ertragen, wo wir lieben; sonst machen wir uns immer ein Bildnis; nicht bereit, nicht willig und nicht fähig, einem einzelnen Gesicht gegenüberzustehen, stempeln wir ganze Völker ab und können ihnen nichts anderes zugestehen als die Fratze unseres Vorurteils, das immer eine Versündigung bedeutet.*[111] Die Uraufführung von *Als der Krieg zu Ende war* fand am 8. Januar 1949 im Zürcher Schauspielhaus statt, der Stammbühne Frischs. Im April gab es ein Gastspiel in Stuttgart während der Kulturwoche «Die Schweiz in Stuttgart». Wieder nutzte der Autor die Gelegenheit, um mit Deutschen zu diskutieren.

Seine Begegnungen hatten ihn mittlerweile skeptisch gestimmt. Auf einer Veranstaltung in Zürich äußerte er sich im selben Jahr so: *Es ist jetzt fast vier Jahre her, seit wir uns, jeder an seinem Ort und nach seinem Temperament, um ein schweizerisch-deutsches Gespräch von neuem bemüht haben. Wenn wir vergleichen, was wir nach der Katastrophe erhofften und heute schon nicht mehr hoffen können, wenn wir die Summe vieler Reisen ziehen und unsere Erfahrungen nicht verwechseln mit dem Geschenk persönlicher Freundschaften ... läßt sich kaum leugnen, daß das Ergebnis wenig ermunternd ist.*[112] Frisch war in den Jahren 1948 und 1949 wieder viel unterwegs gewesen, vor allem in Deutschland, aber auch in Frankreich und in den osteuropäischen Staaten. Während sich die Welt im Kalten Krieg einrichtete, hatte er im Herbst 1948 in Breslau an einem Friedenskongreß teilgenommen: Frisch war auf dem Weg, eine international beachtete Persönlichkeit zu werden. Ohne Scheuklappen – auch gegenüber den östlichen Gastgebern – sah er sich um und notierte seine Eindrücke im Tagebuch.[113]

Ein junger deutscher Verleger, Peter Suhrkamp, hatte ihm angeraten, das *Tagebuch mit Marion* unbedingt fortzusetzen. Im November 1947 war es in Frankfurt am Main – während der Premiere von Carl Zuckmayers «Des Teufels General» – zur persönlichen Begegnung gekommen. Während der Schweizer Verleger Hürlimann die Fortsetzung des Tagebuchs nicht befürwortete, dachte Suhrkamp sogar an ein Journal, das – die Theaterstücke begleitend – etwa alle zwei Jahre erscheinen sollte. Das Interesse Suhrkamps an Frischs Arbeiten und der Wunsch des Autors, diese Arbeiten dem deutschen Publikum leichter zugänglich zu machen, vertieften bald den Kontakt. Als Peter Suhrkamp seinen eigenen Verlag gründete und sich Mitte 1950 endgültig vom Verlag S. Fischer löste, ge-

Hermann Hesse

Peter Suhrkamp

hörte Frisch zu den Autoren, die sich hinter Suhrkamp stellten.[114] Neben ihm waren es Brecht und Hermann Hesse.

Aus dem Plan eines kontinuierlichen Journals wurde allerdings nichts. Das lag an Max Frisch: Er spürte, wie ihm die Notate zum Zwang wurden. Bald war ihm kein unbekümmerter Blick mehr möglich: Alles wurde auf die Tauglichkeit für eine Notiz hin abgeklopft. Er schloß die Niederschrift des Tagebuchs im Herbst 1949 vorläufig ab. Das *Tagebuch 1946–1949* erschien ein Jahr später im neuen Suhrkamp-Verlag. Die schon veröffentlichten Teile aus den Jahren 1946 und 1947 (*Tagebuch mit Marion*) wurden mit einigen Auslassungen und geringen Überarbeitungen übernommen.[115] Im Jahre 1949 wurde auch eine andere Arbeit Frischs fertiggestellt: das Schwimmbad Letzigraben.

Heute, Samstag achtzehnter Juni, ist die Anlage eröffnet worden. Sonniges Wetter und viel Volk. Sie schwimmen, springen von den Türmen. Die Rasen sind voll Menschen, halb nackt und halb bunt, und es ist etwas wie ein wirkliches Fest; ein paar alte Leutchen, die natürlich nicht baden, bewundern die vielen Blumen, und der Pavillon mit den blauweißen Stores, der auf dem Galgenhügel steht, hat stürmischen Betrieb. Noch wird alles, bevor es benutzt wird, wie ein neues Spielzeug betrachtet; nur die Kinder planschen drauflos, als wäre es immer so gewesen. Die Anlage, erbaut von der Stadt Zürich, kostet viereinhalb Millionen Franken. Sie faßt viertausend und zweihundert Menschen ... Die Bauzeit dauerte zwei Jahre, meine Arbeit vier Jahre.[116]

Frisch war nun Ende Dreißig, zweifach erfolgreich: als Architekt und als Stückeschreiber. Und er war Vater von drei Kindern: Ursula, Hans Peter und Charlotte. Die zweite Tochter wurde 1949 geboren. Ein erfolgreiches Leben, so schien es. Doch der *bewußte Schritt in die Bürgerlichkeit* kam Frisch mehr und mehr als Fehltritt vor: *Ich habe gemerkt, daß ich als Hinzugekommener* – so Frisch mündlich – *die Sache viel ernster nahm als die anderen, die gar nicht dahinter standen. Meine Kritik an der Bürgerlichkeit kommt aus dieser Zeit.*[117] Er arbeitete an einem Stück, das den Ausbruch mit brachialer Schärfe beschreibt: *Graf Öderland*. Es beginnt mit einem Mord ohne Motiv. Ausgerechnet der Staatsanwalt fühlt sich von der Tat angesprochen, greift selbst zur Axt und zieht blutgierig als

Taufe von Charlotte Frisch im September 1949

Pressefoto zur Eröffnung des Schwimmbads Letzigraben

Graf Öderland durch die Gegend. Ein Hüter bürgerlicher Gesittung schlägt um sich. Erste Entwürfe zu diesem Theaterstück gehen schon auf das Jahr 1946 zurück.[118] Frisch hing mit viel Liebe an Stoff und Stück. Doch die Premiere am 10. Februar 1951 in Zürich wurde ein Mißerfolg. Binnen eines Monats wurde *Graf Öderland* vom Spielplan genommen. Der betroffene Autor verfaßte im März ein Memorandum, das er nicht veröffentlichte, doch der Theaterleitung zur Verfügung stellte. Er führte darin Klage gegen zu kurze Probezeiten, gegen die Übermacht der Zürcher Presse, die ihm nicht wohlgesonnen sei, und gegen die nach seiner Meinung vorzeitige Kapitulation der Bühne vor der öffentlichen Meinung. Auch wenn Frisch sein Stück damals gewiß überschätzte, so ist die Analyse des Scheiterns doch von großer Klarheit, und die Vermutung war nicht von der Hand zu weisen, *daß es in Zürich gewisse Kreise gibt, die einen Erfolg eines neuen Frisch-Stückes von vornherein nicht dulden konnten*[119]. Der Bürger Frisch ging auf Abstand zum Schweizer Bürgertum – wie dieses zu ihm.

Noch einmal kam ein Impuls von außen. Max Frisch erhielt Anfang 1951 das amerikanische Stipendium «Rockefeller Grant for Drama» zugesprochen. Das bedeutete für ihn (auf eigenen Wunsch): ein einjähriger Aufenthalt in Amerika, Abstand zu Europa, Distanz auch zu seinem bisherigen Leben. Frisch war von April 1951 bis Mai 1952 unterwegs. Längere Zeit verbrachte er in New York, Chicago, San Francisco, Los Angeles und (im Herbst 1951) in Mexiko. Später zog er in einem Vortrag vor Architekten ein Resümee: *Der Typus des globalen Menschen aber wird erst geboren, und zwar, wie mich dünkt, vor allem in Amerika, das, wie gesagt, nicht ein Land ist, sondern ein Kontinent, nicht von einem Volk bewohnt, sondern von einer Völkerwanderung. Und daß dieser Typus des globalen Menschen sich weigern wird, Europa als die geistige Weltmitte zu betrachten, ist kein Grund für den Europäer, arrogant zu werden; kein Grund, den Mut zu verlieren. Europa ist wichtig, aber es ist nicht die Menschheit, nicht «die Kultur».*[120]

Frisch schrieb in Amerika an einem Roman. Im September 1951 berichtete er Suhrkamp in einem Brief: *Viel Arbeit an dem Roman, ich packe heute zweihundert sauber geschriebene Seiten zusammen im Bewußtsein, daß sie nicht stehen bleiben.*[121] So war es. Gegen Ende des Jahres gab der Autor das Projekt vorläufig auf (später verarbeitete er das Manuskript in seinem Roman *Stiller*). Statt dessen entstand im Frühjahr 1951 ein neues Theaterstück: *Don Juan oder Die Liebe zur Geometrie*. Wie kam es dazu? *Ich hatte einen Roman geschrieben, der war gescheitert. Durch meine kleinbürgerliche Herkunft hatte ich ein schlechtes Gewissen gegenüber dem Herrn Rockefeller. Ein Jahr war ich dort und hatte nichts fertigbekommen. So meinte ich, noch etwas tun zu müssen. Und ich habe dann in sechs Wochen den «Don Juan» geschrieben, ohne in die Bibliothek zu gehen. Einfach nach dem Hörensagen. Vieles kannte ich überhaupt nicht: so das Stück von Molière, die Mozart-Oper, den Kierkegaard-Aufsatz. Shaw kannte ich. Dann kommt der Witz in diesem Stück: Daß Donna Anna als Tochter der Donna Elvira erscheint, ist nicht etwa ein Einfall, den ich hatte, sondern ein Mißverständnis von mir.*[122]

Geschick oder Planung: Frischs Komödie ist eine überaus originelle und phantasievolle Variante des mehr als dreihundert Jahre alten Don Juan-Stoffs. Als Verführer, der sich für die Frauen eigentlich gar nicht interessiert, vielmehr selbst der Verführte ist, als Liebhaber, der Zahlen und Schach dem Liebesspiel vorzieht, war Don Juan bis dahin nicht gesehen worden – trotz der vielen hundert Abwandlungen der Figur. Frisch deutete den eigenen Don Juan so: *Seine Untreue ist nicht übergroße Triebhaftigkeit, sondern Angst, sich selbst zu täuschen, sich selbst zu verlieren – seine wache Angst vor dem Weiblichen in sich selbst.* [123] Das Stück wurde am 5. Mai 1953 erstmals aufgeführt, wiederum im Schauspielhaus Zürich und gleichzeitig im Berliner Schiller-Theater. Entfernt erinnert es an *Santa Cruz*. In beiden Fällen steht das spielerische Moment im Vordergrund, die problematische Beziehung der Geschlechter wird im Gewande des Märchens auf die Bühne gebracht.

New York

Zurück in Europa griff Frisch sein Romanvorhaben wieder auf. Während der Niederschrift des *Stiller* löste er sich innerlich aus den bestehenden Bindungen von Ehe und Beruf. 1954, als der Roman erschien und schnell den Ruhm des Autors begründete, trennte sich Frisch räumlich von seiner Familie. Er zog in ein Bauernhaus, lebte bescheiden und arbeitete – nach mündlicher Aussage – *wahnsinnig viel. Ich war ein Meister im Alleinsein.*[124] Die Ehe wurde erst Jahre später geschieden: am 25. Februar 1959. Hätte er nicht Familie und Schriftstellerei wie bisher miteinander verbinden können? *Ich glaube nicht, nicht mit meiner Konstitution. Es war eine normale gute Ehe. Dann kam noch in diese Ehe der Graf Öderland mit dem Beil hinein. Es meldete sich etwas, was ich selbst*

Titelbild «Der Spiegel», 7. Oktober 1953

noch nicht wußte. Meine Erfahrung von Enge drückte sich in der Fiktion aus. Wenn man mich damals gefragt hätte, wäre meine Antwort gewesen: pure Fiktion. Ich konnte es mir nicht leisten, mir meine Erfahrung bewußt zu machen. Ich hätte handeln müssen, dazu war ich noch nicht bereit.[125] Wie hat seine Frau damals auf das Stück reagiert? *Sie hat es hingenommen. Es hatte für sie nicht soviel mit mir zu tun, wie es wirklich zu tun hatte. Sie war mit einem Architekten verheiratet, der auch aufgeführt wurde. Für sie wäre es gegangen.*[126]

Im Januar 1955 löste Max Frisch auch sein Architekturbüro auf. Er wollte nur noch schreiben. Die Entscheidung, um die er so viele Jahre gerungen hatte, war gefallen. Doch hat er die Zeit der Berufstätigkeit auch später niemals als vergeudet angesehen. *Was wichtig daran ist: daß man zwölf Jahre lang einen nicht-literarischen Beruf ausgeübt hat, daß man einmal nicht Beobachter war. Es hätte ein anderer sein können.*[127]

Max Frisch, Schriftsteller

Die beiden Tagebücher

Zwei Tagebücher, 1950 und 1972 erschienen, umschließen wie eine Klammer das, was heute als Hauptwerk von Max Frisch gilt. Beide sind sie in einer Zeit entstanden, die es der Literatur nicht leicht machte, nur Literatur zu sein. Sie bieten keine Lösungen, doch halten sie fest, warum es ratsam sein kann, bisweilen auf Lösungen, auch solche ästhetischer Natur, nicht zu pochen. Ihr Rang, nicht allein im Werk des Autors, sondern innerhalb der europäischen Nachkriegsliteratur, wird mittlerweile besser erkannt. Doch immer noch werden die Tagebücher – einer problematischen Logik der Forschung folgend – eher als Interpretationshilfe für die Romane und Dramen herangezogen, denn als eigenständige Werke gewürdigt. Dabei ist es nicht auszuschließen, daß zumindest das *Tagebuch 1946–1949* einmal als Kern des Frisch-Œuvres dastehen wird: und dies nicht nur im geläufigen Verständnis einer Keimzelle des Werks.

Daß es dieses Buch Anfang der fünfziger Jahre zunächst schwer hatte, Beachtung zu finden, ist leicht einzusehen: Die unmittelbare Zeitgenossenschaft verstellte den Blick auf den Augenzeugencharakter, die Notizen wurden als journalistische Arbeiten verstanden, denen Tagesaktualität zukam. Wohl war Frisch damals auch jenseits der Schweizer Landesgrenzen kein Unbekannter mehr, doch ein Tagebuch war nicht unbedingt das, was man von einem jungen Autor erwartete. Der sprach denn auch in einer kleinen Notiz *An den Leser* von *Aufzeichnungen und Skizzen eines jüngeren Zeitgenossen ... dessen Schreibrecht niemals in seiner Person, nur in seiner Zeitgenossenschaft begründet sein kann*[128]. Erst im Laufe der nächsten Jahre, als sich herausstellte, in welch verblüffender Weise Frisch in diesem Buch erste Versionen späterer Arbeiten festgehalten hatte, wurde die Qualität langsam wahrgenommen. Als der Suhrkamp-Verlag das *Tagebuch 1946–1949* im Jahre 1958 in einer preiswerten Ausgabe neu auflegte, hieß es in einer deutschen Zeitung: «Das zweite Suhrkamp-Hausbuch, Max Frischs Tagebuch, ist als Neuerscheinung zu werten, trotz einer kleinen Auflage 1950 ... Von der Zeit her und vom Autor her dürfte also jetzt das Tagebuch erst sein Publikum finden.»[129]

Frisch sah das übrigens ähnlich. Auf die Mitteilung der Neuauflage hin

Eingang zum Café «Odeon» in Zürich, 1981

schrieb er im Juni 1958 dem Verleger Peter Suhrkamp: *Es freut mich, daß ich zu einer eignen Arbeit, die nun fast 10 Jahre zurückliegt, kein reuiges und kein mitleidiges Verhältnis habe, obschon ich mancherlei heute anders sehe, Brecht zum Beispiel. Es sind aber weniger die Aussagen, die für mich noch Bestand haben, als die Art des Sagens, und daß allerlei, was damals aktuell war, jetzt historisch ist, stört mich eigentlich nicht, im Gegenteil, das Spiel der Auseinandersetzung wird vielleicht deutlicher eben dadurch, daß die Gegenstände für den Leser gegenstandslos werden. Es war ja damals ein keckes Unterfangen vor allem von Ihnen, dem deutschen Leser unge-*

fähr als erstes ein Tagebuch vorzulegen; dementsprechend ist es denn auch übergangen worden, öfter zitiert als gelesen. Es wird sich jetzt, nach STILLER und FABER, für den Leser anders ausnehmen, so könnte ich mir denken, er wird für ein «Tagebuch» bereiter sein, und das Tagebuch liefert ja für manches einen Schlüssel.[130]

Die Bedeutung dieser Frisch-Arbeit früh erkannt zu haben, zählt zu den großen Verdiensten Suhrkamps. Der Einfluß des Verlegers auf die in den fünfziger Jahren ständig wachsende Schaffenskraft Frischs ist wohl gar nicht zu überschätzen. Suhrkamp bot dem immer noch jungen Autor Zuspruch und Kritik: Förderung durch Forderung. Frisch, nach Suhrkamp befragt: *Er hat den Standard gesetzt, aber ganz klar gemacht: Sie sind noch hoffnungslos weit entfernt davon.*[131] Der noch nicht publizierte Briefwechsel zwischen Suhrkamp und Frisch zeigt die intensive, durchaus auch eigensinnige und spannungsvolle Aufmerksamkeit, mit der sich der

Max Frisch im Jahre 1948

Verleger seines Autors annahm – ein mittlerweile fast unvorstellbarer Dialog, der immer wieder in die kleinsten Details der literarischen Arbeit führte. Für den verlegerischen Wagemut Suhrkamps spricht, daß er mit dem *Tagebuch 1946–1949* sein Verlagsprogramm eröffnete: Das Buch erschien im Herbst 1950 neben «Ausgewählten Essays» von T. S. Eliot. Als dritter Band kam bald darauf Theodor W. Adornos Titel «Minima Moralia» heraus.

Das *Tagebuch 1946–1949* beginnt – wie das frühere *Tagebuch mit Marion*, aus dem diese Passagen übernommen sind – mit einer Szene, die Frisch Anfang 1946 in Zürich notiert hat: Ein Marionettenspieler führt in der Öffentlichkeit seine Puppen vor, darunter eine Jesus-Figur; ein Polizist macht ihm Vorhaltungen. Auf dieses kurze Protokoll folgt unmittelbar die Geschichte *Marion und die Marionetten*, die in dem fiktiven Land Andorra spielt. Die Erzählung gibt dem Autor nicht nur Gelegenheit, über das Verhältnis von Kunst und Leben nachzudenken, sondern sie führt das Spannungsfeld selbst vor.[132] So wird die Eigenart des Tagebuchs gleich zu Beginn sinnfällig vorgestellt, nämlich Gefäß zu sein für verschiedene Darstellungsweisen: Augenblicksnotizen, kürzere Erzählungen und Überlegungen, vor allem zur Kunst, zur Literatur und zum Theater.

Das *Tagebuch 1946–1949* ist kein privates Journal. Das machte den Titel einst irreführend (heute spricht man zur Kennzeichnung anderer Werke nicht selten schon vom «Tagebuch im Sinne Max Frischs»). Zum Beispiel ist von der Ehefrau, der das Buch gewidmet ist, nur gelegentlich, von den Kindern gar nur einmal die Rede: Es entsteht nirgendwo der Eindruck einer Beichte, obwohl der Autor sich durchaus offenbart und sein Lebensweg in den Jahren zwischen 1946 und 1949 deutlich abzulesen ist. Der Tagebuchcharakter ist am ehesten in der chronologischen Reihenfolge der Eintragungen gewahrt: Ort und Datum werden den einzelnen Textstücken oft vorangestellt. Wenn Frisch nicht auf Reisen war, entstanden die Notizen zumeist nach Feierabend in einem von zwei Stammcafés am Zürcher Limmat-Quai (auf Höhe des Bellevue-Platzes): *Café de la Terrasse* und *Café Odeon* sind häufig wiederkehrende Überschriften. In kleinen Heften und Kladden, die zum Teil erhalten sind, skizzierte der Architekt, der im Nebenberuf Schriftsteller war, zwischen Abrechnungen und Alltagsnotizen ganze Dramenentwürfe (die er mitunter erst viel später als ausbau- und bühnenfähig erkannte). Frisch schrieb nicht nur für sich. Schon bald muß er bemerkt haben, wie ihm hier eine maßgeschneiderte literarische Ausdrucksweise zuwuchs. Die Notform wurde zur Kunstform.

Indem man es nicht verschweigt, sondern aufschreibt, bekennt man sich zu seinem Denken, das bestenfalls für den Augenblick und für den Standort stimmt, da es sich erzeugt. Man rechnet nicht mit der Hoffnung, daß man übermorgen, wenn man das Gegenteil denkt, klüger sei. Man ist, was man ist. Man hält die Feder hin, wie eine Nadel in der Erdbebenwarte, und eigentlich sind nicht wir es, die schreiben; sondern wir werden geschrieben. Schreiben heißt: sich selber lesen.[133]

Das Ergebnis ist nicht nur dezente Selbsterforschung, sondern eine Textsammlung von verschwenderischem Reichtum, sorgsam aufeinander abgestimmt in Motiven und Formen. Die ausgeklügelte Montage der einzelnen Teile rechnet mit der Aufmerksamkeit des Lesers; Fäden werden unvermittelt wieder aufgenommen, die Seiten vorher abgerissen sind. Ob es um den Sinn der Arbeit, den Nutzen des Reisens oder das Problem der Eifersucht geht: stets wird die Einsicht nachvollziehbar aus dem Konkreten abgeleitet. Kaum etwas in diesem Mosaik will beliebig wirken, obgleich manches von Tagesereignissen wenn nicht diktiert, so doch ausgelöst worden ist. Die Sprache, in der sich das Gedankliche wie nebenbei entfaltet, wirkt auch nach mehr als dreißig Jahren unverbraucht und fast zeitlos: ein federnder Tonfall ganz eigener Prägung, der anspricht und einlädt, unaufdringlich und doch fesselnd. Das *Tagebuch 1946–1949* ist gewiß seiner Entstehungszeit verhaftet, doch nicht in ihr befangen: Zeitgenossenschaft mit Kraft zur Distanz. Die Anlässe sind verblaßt, das, was sie im Geist der Epoche auslösten, ist hier aufbewahrt. Der Leser erhält ein einzigartiges Bild vom Europa der Nachkriegsjahre und darüber hinaus auch Einblick in Frischs frühe Theorien zu Literatur und Theater.[134] Die Form des Tagebuchs wird dabei als vorläufige Antwort auf die Frage erkannt, wie Schreiben möglich sei nach einer Zeit furchtbarer Schrekken.

Frisch legte die Frage seinem Marionettenspieler Marion in den Mund: *Was aber, Maestro, wäre statthaft? Schauen wir auf die andorranische Kunst unsrer Tage; wir schreiben Romane, als stünde noch immer eine Sanduhr neben uns, als hätten wir nach allem, was an unheimlicher Erkenntnis zugestoßen ist, einen durchaus sicheren und handlichen Begriff von der Zeit, einen unerschütterten Glauben an Ursache und Wirkung.*[135] Damit war freilich mehr als nur der Krieg mit seinen Erschütterungen gemeint: Das ganz moderne Weltbild stellte die Sicherheit des Schriftstellers in Frage. *Erzählung: aber wie?*[136] Lösungen fand Frisch erst Jahre später mit seinen drei Romanen. Vorläufig gab er dem *Hang zum Skizzenhaften*[137] nach, den er nicht nur bei sich selbst erkannte. *Die Haltung der meisten Zeitgenossen aber, glaube ich, ist die Frage, und ihre Form, solange eine ganze Antwort fehlt, kann nur vorläufig sein; für sie ist vielleicht das einzige Gesicht, das sich mit Anstand tragen läßt, wirklich das Fragment.*[138]

Frisch sollte zeitlebens der Autor des Fragens bleiben. Was er 1948 an Brecht bewunderte, wurde unausgesprochen zum Grundzug der eigenen Poetik: *Zusammen mit einem Kunstverstand, der wissenschaftliche Methodik liebt, hat er eine kindhafte Gabe des Fragens. Ein Schauspieler, was ist das? Was macht der? Was muß der Besonderes haben? Eine schöpferische Geduld, wieder von vorn anzufangen, Meinungen zu vergessen, Er-*

fahrungen zu sammeln und zu befragen, ohne ihnen die Antwort aufzudrängen.[139] Der Rang des *Tagebuchs 1946–1949* liegt auch darin, daß Frisch in der skizzierenden und fragenden Haltung, frei von den Zwängen herkömmlicher Gattungen, eine zeitgemäße Form fand. Was er damals über seine Arbeit als Theaterautor festhielt, kann als Wesen seines Schreibens überhaupt gelten: *Als Stückeschreiber hielt ich meine Aufgabe für durchaus erfüllt, wenn es einem Stück jemals gelänge, eine Frage dermaßen zu stellen, daß die Zuschauer von dieser Stunde an ohne eine eigene Antwort nicht mehr leben können – ohne ihre Antwort, ihre eigene, die sie nur mit dem Leben selber geben können.*[140]

Zwanzig Jahre nach dem ersten Tagebuch begann Frisch Anfang 1966 noch einmal damit, ein Journal für die Öffentlichkeit zu schreiben. Dieses zweite Tagebuch umfaßt sechs Jahre (statt vier wie das erste). Es erschien 1972 unter ganz anderen Voraussetzungen. War das frühe Werk eine «Selbstverständigung Frischs in den Jahren seines Aufbruchs»[141], so stellte sich das *Tagebuch 1966–1971* als Selbstbesinnung eines international erfolgreichen Schriftstellers dar. Unterdessen waren die Romane *Stiller, Homo faber* und *Mein Name sei Gantenbein*, die Theaterstücke *Biedermann und die Brandstifter* und *Andorra* vehemente Erfolge beim Publikum und bei der Kritik. Wenn Frisch in diesen Jahren des etablierten Ruhms noch einmal auf die bewährte Form zurückgriff, so hat das gewiß mit einem Bedürfnis nach einer neuen Standortbestimmung zu tun. Er stellte Fragen an sich und andere. Er besah sich in seiner Rolle als Prominenter, und er begab sich von neuem in die Rolle des Zeugen. Wieder hatte er eine bewegte Zeit gewählt: Der weltweite Protest der Studenten und anderer gegen den amerikanischen Krieg in Vietnam prägte die Jahre nach 1966. Mit der Kulturrevolte ging auch eine neue Infragestellung der Kunst einher: Sie sollte sich legitimieren. Gerade in der Bundesrepublik, wo Frisch seine größten Erfolge hatte, wurde die herkömmliche Literatur plötzlich attackiert. Dokumente sollten die Stelle von Phantasie und Fiktion einnehmen. Es waren Autoren, die so sprachen, nicht unbedingt die Leser. «Nicht Literatur als Kunst, sondern Wirklichkeit!» forderte Günter Wallraff[142], andere wollten die Literatur überhaupt abschaffen. Der Pariser Mai und der Prager Frühling (dem bald ein frostiger Herbst folgte) fielen in die Jahre bis 1971, auch die erste Mondlandung.

Das *Tagebuch 1966–1971* wirkt zerrissener als sein Vorgänger. Das liegt nicht etwa an der äußeren Form, den vier unterschiedlichen Schrifttypen, die Verwendung finden. Die Zerrissenheit kommt darin nur besonders gut zum Ausdruck. Über das Privatleben des Autors ist nicht mehr zu erfahren als zwanzig Jahre zuvor. Und doch haben alle Texte und Textarten eine gemeinsame Mitte: Max Frisch. Er ist registrierende, zitierende, auch wertende und betroffene Instanz. Sein Temperament bleibt hinter der Montage dieser Erzähl-Fragmente, Reiseskizzen und Zeitungszitate stets spürbar. Und wieder ist es die fragende Haltung, die den Ton der

Texte bestimmt. Zwei neue Formen werden eingeführt: Der Fragebogen und das Selbstverhör. Sie umkreisen Themen wie Freundschaft, Frauen, Ehe, Geld, Heimat, Humor, fragen nach der literarischen Praxis und dem Verhältnis zur politisch motivierten Gewalt. Das alles geschieht ganz unaufdringlich: ein Angebot an den Leser, auch sich selbst zu befragen. Auffällig sind die Leerstellen und Aussparungen, sie führen nicht von den Gegenständen weg, sondern lenken die Aufmerksamkeit auf sie hin. Eine Meisterschaft in der Kunst der Andeutung.

Von der Kritik wurde das Buch fast einhellig begrüßt. Nur vereinzelt war zu hören, der Autor stelle sich nicht den politischen Problemen seiner Zeit.[143] Ein groteskes Mißverständnis: kaum jemals zuvor in seinen literarischen Werken hat Frisch so eindeutig Stellung bezogen wie im *Tagebuch 1966–1971*. Freilich doziert und agitiert er nicht. Er stellt Widersprüche aus, weist auf Unvereinbarkeiten – und dies nicht mit dem erhobenen Zeigefinger, sondern in Nebensätzen, gelegentlich genügen drei Punkte, oft eine Frage. Am Ende der Darstellung eines Besuchs im Weißen Haus 1970 heißt es:

Unser Gang über Kies wird bald zu Ende sein, und es scheint, daß es nichts mehr zu fragen gibt. Warum ist Henry A. Kissinger, vor der Wahl

Henry A. Kissinger

noch ein erklärter Gegner von Richard Nixon, trotzdem dessen Berater geworden? Schicklich hingegen ist die Frage meiner Frau: wie hat seine wissenschaftliche Theorie sich bewährt oder verändert durch Praxis? Das sei eine Frage, sagt Henry A. Kissinger, die er oft zu hören bekomme; er habe keine Zeit, um darüber nachzudenken. Ein schrecklicher Satz, aber wir befinden uns gerade in einer Pendeltüre; ich höre nur noch: Wenn man einmal auf dem Seil steht, gibt es kein Zurück – nach der Pendeltüre: – keine Politik ohne Risiko einer Tragödie. Tragödie für wen?[144]

Das *Tagebuch 1966–1971* zeigt Frisch auf einer neuen Höhe der Einblicknahme. Die Chefetagen und Salons der Mächtigen stehen ihm offen – zum Besuch. Ein Aphorismus belegt die Ironie, mit der er seine Rolle sieht: *Belletristik: Wenn es möglich ist, daß Leute, deren gesellschaftlicher Gegner man ist, sich unumwunden als Verehrer vorstellen.*[145] Das freilich ist mehr als nur ein Aperçu. Frisch ist hier durchaus am Kern einer Selbstbefragung: Was hat den Erfolg möglich gemacht? Ist dieser Erfolg nicht auch Zeichen für künstlerische und politische Harmlosigkeit? In der Montage, im krassen und unkommentierten Nebeneinander von Nachricht und Beobachtung, erweist sich der Autor in diesem Buch als kritischer und unbestechlicher Zeitgenosse. Auf eine Darstellung von Zeugenbefragungen über Kriegsverbrechen in Vietnam (nach einer amerikanischen Fernsehsendung) folgt ein Kapitel *Wall Street*. Wieder ein Besuch: *Ich habe es zum Schriftsteller gebracht, daher diese Einladung ... Lauter Herren treffen hier lauter Herren, eine intakte Welt, übrigens keine alten Herren, kein Dicker außer mir.*[146] Und: *Wir speisen mit Pausen. Es wäre tolpatschig, Vietnam zu erwähnen.*[147] Was der rasche Leser für Resignation halten könnte, trägt im Zusammenhang dieses Buches polemische Züge. Gewiß geht es wieder einmal – wie schon des öfteren seit der *Chinesischen Mauer* – um die Ohnmacht des Intellektuellen im Angesicht der Mächtigen, doch wie hier von innen heraus das Selbstverständnis einer Elite porträtiert wird, dafür gibt es in der Gegenwartsliteratur so leicht kein Beispiel.

Porträts sind überhaupt die Glanzstücke des *Tagebuchs 1966–1971*, vor allem von Kollegen: Günter Grass, Ilja Ehrenburg, noch einmal – aus der Erinnerung und umfassender als im ersten Tagebuch – Bertolt Brecht. Theoretisches zu Literatur und Theater ist nur vereinzelt zu finden, auch die Zahl der Erzählungen und Prosaskizzen ist nicht groß. Ein Einfall jedoch durchzieht von 1967 an die Eintragungen wie ein roter Faden: die Fiktion eines Clubs der Alten, dessen Satzung den Mitgliedern den Selbstmord nahelegt, wenn sie gewisse Fähigkeiten aus Altersgründen nicht mehr vorweisen können. Diese Vision taucht zunächst ohne Titel[148], dann abwechselnd unter den Rubriken *Vereinigung Freitod* und *Notizen zu einem Handbuch für Mitglieder* oder nur *Handbuch für Mitglieder* auf: eine aberwitzige Fiktion, von Frisch mit viel Einfallsreichtum und Beobachtungsgabe ausgemalt, ein kleines Kompendium des Alterns.

Zum erstenmal stört ihn die Zurückhaltung bei autobiographischen Details, gerade wo sie andere Personen betrifft. *Was an einem öffentlichen Tagebuch fragwürdig bleibt: die Aussparung von Namen und Personalien aus Gründen des Takts.*[149] In der Geschichte *Glück*, der schönsten des Tagebuchs, wird das Erzählen auf eine Ursituation zurückgeführt: als Beichte vor einem Fremden, hier stilgerecht im Eisenbahnabteil. Bruchstücke einer Offenbarung: Eifersucht, fast ein Mordversuch an der Geliebten. Ob das die ganze Geschichte sei, fragt schließlich das Gegenüber. Nein, sagt der Erzähler: *Wenn ich erzählen soll, muß ich alles von Anfang an erzählen.*[150] Doch der Zug ist schon im Bahnhof eingefahren, es ist nicht mehr die Zeit für lange Geschichten: ironische Pointe und Abbruch.

Frisch war sich bei Erscheinen des Tagebuchs unsicher, ob die Arbeit gelungen war. An Wolfgang Hildesheimer schrieb er im Juni 1972: *Im Dezember, in New York, fehlte wenig, daß ich's auf 110 Seiten gekürzt hätte; von 600 Seiten. Man kann eine Blöße nicht kürzen; gekürzt habe ich den Mut zur Blöße, und deswegen bin ich jetzt, nachdem der Handel läuft, sehr empfindlich.* Er mißbillige das Buch: *nämlich seine Zurückhaltung, diese Schonung von Personen, die eben etwas von Selbstschonung hat* –[151] Einige Streichungen hat Frisch aus Anlaß der Werkausgabe später wieder zurückgenommen, die Neuausgabe in diesem Rahmen enthält eine ganze Reihe unbekannter Teile: *... unverändert, d. h. es handelt sich nicht um nachträgliche Zusätze, sondern um damalige Texte, deren Eliminierung ich heute (1975) für falsch halte.*[152]

Auch wenn das zweite Tagebuch nicht an den kulturhistorischen Rang des ersten heranreicht, so kommt ihm doch – gerade in der nicht sonderlich reichen deutschen Literatur der siebziger Jahre – eine herausragende Stellung zu. Zehn Jahre nach dem Erscheinen wird vor allem die Schlüsselposition im literarischen Werdegang Frischs deutlich. Das *Tagebuch 1966–1971* als Januskopf: Es ist Bilanz mit Blick auf das abgeschlossene Werk der fünfziger und sechziger Jahre, es weist jedoch formal wie inhaltlich schon auf das Spätwerk voraus. Die schroffe Montage und die Aussparungstechnik werden für die folgenden Arbeiten in den siebziger Jahren bestimmend bleiben, das Motiv des Alterns wird in verschiedenen Beleuchtungen neu auftauchen. Und die Frage der autobiographischen Aufrichtigkeit wird sich in *Montauk* noch einmal verschärft stellen.

Drei Romane

Anfang der fünfziger Jahre, als fast unter Ausschluß der Öffentlichkeit das erste Tagebuch erschien, hatte Max Frisch vor allem als Theaterautor einen Namen. Daß seine eigentliche Stärke in der Prosa liegen könnte, vermutete er womöglich schon damals. Die Dramen machten ihn bekannt, berühmt machten ihn jene drei Romane, die 1954, 1957 und 1964 erschienen: *Stiller, Homo faber* und *Mein Name sei Gantenbein*. Gleich der erste aus dieser Trias (von einer Trilogie zu sprechen wäre irreführend) begründete den Ruhm Frischs nachhaltig. *Stiller* wurde nicht nur ein Erfolg bei der Kritik, sondern nach und nach auch beim Publikum. Der Roman erreichte als erstes Buch des Suhrkamp-Verlags eine Millionenauflage (mit Taschenbuch- und Buchgemeinschaftsausgaben).

Im August 1953 berichtete Frisch seinem Verleger von einer Arbeit, die ihn völlig fessele: *Ich weiß nicht, ob ich Ihnen schon über das Thema geplaudert habe; es ist das Thema, das mich seit langer Zeit immer wieder beschäftigt, aber es hat sich verwandelt, es sind Stufen hinzugekommen, und ich halte es für ein Thema, das des größten Einsatzes würdig wäre.*

Titelbild «Stiller»

Max Frisch im Jahre 1955

Also: ich bin wieder dabei, ein Prosa-Buch zu versuchen, und sehe zwar noch einen Berg von Schwierigkeiten, kenne aber die Zielrichtung und vor allem (darum habe ich alles andere jetzt zur Seite gelegt) habe ich einen Ton gefunden, der sich bisher als sehr ergiebig erwiesen hat. Ich will nun vorwärts, soweit ich komme.[153]

Der Grundeinfall zum *Stiller* war Frisch zugeflogen: Ohne daß er zunächst recht erkannte, was ihm da gelungen war, hatte er beim ziellosen Herumprobieren eine Erzählperspektive gefunden. Er schrieb ein paar Seiten: den Anfang des Romans. An der fehlenden Perspektive war der in

Amerika begonnene Roman gescheitert, das wurde ihm plötzlich klar. Für das neue Vorhaben konnte er auf Teile des Verworfenen zurückgreifen, nun vom Rausch des Gelingens mitgerissen. *Das war ein Wegschreiben, ein rasches*, so Frisch im Gespräch, *ich stand unter Aussagedruck damals: die Auslösung aus dem Architektenberuf, aus der Ehe. Der in New York geschriebene Roman hat zum Teil geholfen. Zum Glück hatte ich den nicht einfach weggeschmissen. Da hatte ich Material. Die Amerika-Geschichten und alles, was Stiller im Gefängnis so flunkert, das war schon geschrieben: Es hatte nur andere Funktionen.*[154]

Die Arbeit schritt schnell voran. Was fertig war, bekam Peter Suhrkamp unverzüglich zu sehen. Im Juni 1954 schrieb ihm Frisch: *Ich danke Ihnen noch einmal für unser Gespräch über Stiller. Es hat mir viel und wichtigen Anstoß gegeben. Ich brauche ja Anstoß, allein komme ich nie hindurch, nicht einmal zu dem mir möglichen Punkt. Das ist das Übel all meiner Arbeiten, Sie wissen's, irgendwo vor dem erstrebten Gipfel lasse ich mich nieder, raste, vergesse, erspare mir den Rest.*[155] Immer noch gab es viel zu tun an dem Manuskript. Trotzdem erschien *Stiller* noch im selben Jahr – und wurde als Gipfelleistung sofort anerkannt. Karl Korn schrieb in Deutschland über den Roman: «Er ist weltläufig, gescheit und geht jeden an.»[156] In der Schweiz rühmte Emil Staiger: «... wie frei und gültig und, bei aller quälerischen Problematik, belebend durch eine vielleicht unter Mühsal errungene, doch völlig mühelos, ja beinahe spielerisch wirkende Meisterschaft!»[157]

Das erscheint auch heute nicht übertrieben. *Erzählung: aber wie?* hatte Frisch in seinem Tagebuch gefragt.[158] Im *Stiller* gelang ihm eine überraschende Antwort. Der Inhalt des Romans läßt sich nicht referieren, ohne dessen Konstruktion zu erklären: eine der ausgeklügeltsten der neueren Literatur – und dabei doch ganz einfach. *Ich bin nicht Stiller!*[159] So lautet der erste Satz des Romans. Er ist zugleich wahr und falsch. Nimmt man alle Fakten zusammen, die im Roman ausgearbeitet werden, so ergibt sich: Der Ich-Erzähler ist der vermißte Anatol Ludwig Stiller. Aber deutlich wird auch: er ist nicht oder will der nicht sein, für den ihn die Umwelt hält. Deswegen hat er sich ein zweites Leben wie einen Schutzmantel umgelegt, hat sich in eine andere Identität geflüchtet, in eine Hülle, die er mit Fleiß und Phantasie auskleidet. Er betreibt damit übrigens das Geschäft des Schriftstellers: Er erfindet sich eine Geschichte, um seine eigene besser verbergen zu können.

Als Mr. White ist er nach längerer Abwesenheit in die Schweiz zurückgekehrt. Nun sitzt er im Gefängnis, weil er nicht anerkennen will, daß sein Paß falsch und er der gesuchte Stiller ist. Doch Ordnung muß sein. Zunächst wird der Leser im unklaren darüber gelassen, ob es sich nicht nur um eine Verwechslung handelt. Immer mehr Indizien allerdings sprechen gegen die Behauptungen des Mr. White, der allenfalls noch den Gefängniswärter mit seinen Abenteuergeschichten (beste Kolportage) überzeugen kann. Alle erkennen ihn wieder: auch Julika, die von Stiller verlassene Ehefrau. Schon bald wandelt er den ersten Satz seiner Tagebuchnotizen ab: *Ich bin nicht ihr Stiller*, heißt es nun.[160] Eine feine Nuance. Weiterhin beteuert er tapfer die Existenz des Mr. White. Aber er notiert (was durchaus doppeldeutig auszulegen ist): *Soll ich mich ergeben? Mit Lügen ist es ohne weiteres zu machen, ein einziges Wort, ein sogenanntes Geständnis, und ich bin «frei», das heißt in meinem Fall: dazu verdammt, eine Rolle zu spielen, die nichts mit mir zu tun hat.*[161] Das kann sowohl White wie Stiller sagen: im einen Fall sind die *Lügen* wörtlich zu verstehen, im anderen Sinn als Kompromisse mit dem Bild, das die anderen sich von Stiller gemacht haben – ein Lieblingsgedanke von Frisch. Schon im ersten Tagebuch war von Ähnlichem die Rede; im Roman wird über die Versuchung, sich gegenseitig mit Bildnissen einzuschnüren, von verschiedenen Figuren gesprochen.[162]

Ein Mann sitzt im Gefängnis und behauptet, nicht der zu sein, für den man ihn hält. Was macht diesen Grundeinfall des Romans so ergiebig? Die Erzählperspektive, die daraus folgt, rückt *Stiller* in den Zusammenhang mit anderen großen Werken dieses Jahrhunderts. Die Problematik, die den Hintergrund bildet, ist die Existenzfrage der Literatur in einer wissenschaftlichen Epoche, in einer Zeit der Standardisierung. Es läßt sich nicht mehr vom Menschen erzählen wie noch im 19. Jahrhundert. Theodor W. Adorno prägte die Formel: «Zerfallen ist die Identität der Erfahrung, das in sich kontinuierliche und artikulierte Leben, das die Haltung des Erzählers einzig gestattet. Man braucht nur die Unmöglichkeit sich zu vergegenwärtigen, daß irgendeiner, der am Krieg teilnahm, von ihm so erzählte, wie früher einer von seinen Abenteuern erzählen mochte. Mit Recht begegnet die Erzählung, die auftritt, als wäre der Erzähler solcher Erfahrung mächtig, der Ungeduld und Skepsis beim Empfangenden.»[163] Max Frisch hat diese Thesen bei der Niederschrift des Romans nicht gekannt, sie erschienen zur selben Zeit, als *Stiller* herauskam: im Herbst 1954.

Läßt sich ein Leben noch erzählen? Ja, zum Beispiel indem man vorgibt, es nicht zu erzählen. Geduldig notiert der angebliche Mr. White jene Bruchstücke aus Stillers Biographie, die ihm die Freunde und Bekannten zur Auffrischung seines Gedächtnisses vortragen. Stiller (denn er ist es ja) erzählt die eigene Geschichte – und nur so kann er sie formulieren und zu Papier bringen – unter Leugnung der Tatsache, daß es sich um sein Leben handelt. Er erzählt nur das, was er hört – wie über einen Fremden. Das ist der Clou. Und die Wunschbiographie wird gleich mitgeliefert: das Abenteuerleben des Mr. White, das sich aus erlebten (Stiller ist im Ausland gewesen) und erfundenen Szenen zusammensetzt. Die «Flunkereien» Stillers, jene Teile des Romans, die Frisch schon in Amerika geschrieben und verworfen hatte, können nun, ausgestellt als Phantastereien, in das Werk integriert werden.

Doch abgesehen von dieser etwas komplizierten Grundlage ergibt sich aus der Konstruktion des Romans noch etwas ganz anderes: reizvoller Erzählstoff. Was hier als Folge der Problematik moderner Literatur angedeutet wurde, ergibt paradoxerweise ein Spannungsfeld für amüsante Szenen. Oft ist das, was sich aus der sturen Behauptung des Herrn White-Stiller ergibt, schlichtweg komisch. Die Situation etwa, als Julika erstmals die Gefängniszelle betritt, ist einfach grotesk.[164] Der Roman hat im Grunde genommen die Struktur eines Krimis: Einer ist verschwunden, sein Leben wird durch Zeugen rekonstruiert. Das wurde schon bald nach Erscheinen des Romans erkannt, der überhaupt bemerkenswert hellsichtige Reaktionen provoziert hat. Der mit Frisch befreundete Friedrich Dürrenmatt beschrieb damals die Struktur so: «Das Ich wird eine Behauptung der Welt, der man eine Gegenbehauptung, ein Nicht-Ich entgegenstellt. Anders gesagt: an Stelle des Ichs tritt ein fingiertes Ich, und das Ich wird ein Objekt. Romantechnisch gesehen: das Ich wird ein Kriminalfall.»[165]

Rund dreißig Jahre nach seinem Erscheinen – und nach einer großen Anzahl von Deutungen – kann man nur empfehlen, diesen Roman möglichst unbefangen zu lesen. Immer wieder ist hervorgehoben worden, darin werde die Identitätsproblematik abgehandelt. Gewiß; doch genausogut handelt es sich um die Geschichte eines Geheimnisses, um die Abwandlung des Doppelgängermotivs, um einen Künstlerroman (Stiller ist von Beruf Bildhauer) und vor allem: um eine hinreißende Liebes- und Ehegeschichte. Denn nicht nur wird die alte Verbindung von Julika und Stiller aufgerollt, es kommt zu einer neuen, erneuerten. Sie bleibt so problematisch wie die erste: Der Roman gibt das Psychogramm einer gestörten Liebesbeziehung. Am Ende des Romans ist Julika gestorben. Stiller lebt allein. Ob er zu sich selbst gefunden hat, bleibt offen, zumal das Tagebuch abbricht, als Stiller seine Weigerung, Stiller zu sein, nach außen hin aufgibt. Der Rest der Geschichte – der Roman besteht aus zwei Teilen – wird aus der Sicht des Staatsanwalts geschildert. Stiller und er sind Freunde geworden (obgleich oder vielleicht sogar weil die Ehefrau des Staatsanwalts einst eine Geliebte des Bildhauers gewesen ist); eine der unaufdringlichen Pointen, an denen der Roman reich ist.

Man kann alles erzählen, nur nicht sein wirkliches Leben[166], notiert Stiller in seinen Aufzeichnungen. *Weiß ich es denn selbst, wer ich bin? Das ist die erschreckende Erfahrung dieser Untersuchungshaft: ich habe keine Sprache für meine Wirklichkeit!*[167] Mit Märchen und abenteuerlichen Begebenheiten versucht er sowohl seine Umwelt von sich abzulenken als auch Hinweise darauf zu geben, wie er gern gesehen werden möchte. Es hilft nichts: man fordert die Wahrheit von ihm, nichts als die Wahrheit. Der Roman *Stiller* macht klar, daß es diese Wahrheit nicht geben kann. An keiner Stelle – zumindest im ersten Teil – wird behauptet: So war es. Was Stiller über sein Leben preisgibt, ist immer eine Behauptung der anderen: So haben sie es gesehen, erfahren, erlebt. Er zitiert und referiert nur. Und das ist wohl das eigentlich Aufregende an diesem Buch: wie eine Vita in allen Einzelheiten entfaltet wird und doch fraglich bleibt. Auf vielen Ebenen führt Frisch vor, wie Fiktion und eigentlich: wie Literatur entsteht. Immer wieder entpuppt sich der Roman als Gestalt gewordener Kampf gegen die Schwierigkeit des Schreibens. Der Leser kann das lustvoll nachvollziehen, weil er – auf den Roman bezogen – einem siegreichen Kampf beiwohnt.

Deutliche Hinweise gibt es auf die Austauschbarkeit mancher Schilderung: Die exotische Welt ist heute, und sei es aus zweiter Hand, jedem von uns greifbar. So macht Stiller sich keine Illusionen, daß Abenteuergeschichten im *Zeitalter der Reproduktion*[168] noch lange keine andere Existenz beweisen; sie sind verfügbar. Mehr noch: ein Stierkampf, ein Sanatorium ist nicht darzustellen, ohne an Hemingway oder Thomas Mann zu gemahnen. Frisch gibt ironische Verweise, indem er Stillers Bibliothek schildert: Die Titelliste ist unter anderem ein kleiner Katalog der geistigen Ahnherren von Frisch. *Zauberberg als das einzige von Thomas Mann ... ziemlich viel von einem Schweizer namens Albin Zollinger ... Hemingway (Stierkampf-Buch) steht neben Trakl.*[169] Kurz: ein Roman, der zeigt, daß er Roman ist, ein Kunstprodukt, gespeist aus vielerlei Quellen. Und gerade darum ein Roman, dem sich der Leser anvertrauen kann: Er wird in manche Irritationen, doch nicht in die Irre geführt.

Drei Jahre danach, 1957, erschien der Roman *Homo faber*, Untertitel: *ein Bericht*. Nach der komplizierten Struktur des *Stiller* ein verblüffend

Eine Lockheed Super-Constellation, in der Faber fliegt

einfacher Anfang: Ein Flugpassagier erzählt knapp und spannend von einer Notlandung in der Wüste. Ein Unterhaltungsroman? So will es zunächst aussehen. Doch der Ingenieur Walter Faber hat mit dem Bildhauer Stiller mehr Ähnlichkeit, als es auf den ersten Blick scheinen mag. Auch er beschäftigt sich vorzugsweise mit Dingen, die angeblich nichts mit ihm zu tun haben. Faber hält sich für einen rationalen, aufgeklärten Menschen, dem man nichts vormachen kann. Für ihn ist die Welt berechenbar. Und was sich nicht berechnen läßt, lehnt er, stößt er ab – oder versucht es jedenfalls, in Wahrheit irritiert und fasziniert von der Gefühls- und Erlebniswelt, von Geheimnissen und Schicksalsmächten. Frisch setzt hier ein erzähltechnisch raffiniertes Spiel in Gang: Wie ein alter Meister beschreibt er die Natur anschaulich und bildkräftig, um im selben Atemzug gegen diese Darstellungsweise zu rebellieren. Sein Medium ist Faber, der zum Beispiel nach der gelungenen Notlandung als Ich-Erzähler diese Schilderung gibt:

Ich habe mich schon oft gefragt, was die Leute eigentlich meinen, wenn sie von Erlebnis reden. Ich bin Techniker und gewohnt, die Dinge zu sehen, wie sie sind. Ich sehe alles, wovon sie reden, sehr genau; ich bin ja nicht blind. Ich sehe den Mond über der Wüste von Tamaulipas – klarer als je, mag sein, aber eine errechenbare Masse, die um unseren Planeten kreist, eine Sache der Gravitation, interessant, aber wieso ein Erlebnis? Ich sehe die gezackten Felsen, schwarz vor dem Schein des Mondes; sie sehen aus, mag sein, wie die gezackten Rücken von urweltlichen Tieren, aber ich weiß: Es sind Felsen, Gestein, wahrscheinlich vulkanisch, das müßte man nachsehen und feststellen. Wozu soll ich mich fürchten? Es gibt keine urweltlichen Tiere mehr. Wozu sollte ich sie mir einbilden? Ich sehe auch keine versteinerten Engel, es tut mir leid; auch keine Dämonen, ich sehe, was ich sehe: die üblichen Formen der Erosionen, dazu meinen langen Schatten auf dem Sand, aber keine Gespenster.[170]

Homo faber ist nicht nur der Bericht über einen Techniker, der von Zahlen und Statistiken besessen ist, sondern auch ein Roman über das Schreiben im technischen Zeitalter. Die Hauptfigur mag von Frisch als Prototyp des modernen Zivilisten angelegt worden sein, sie ist doch immer auch vorgeschobenes Alter ego des Schriftstellers. Fabers Befangenheit, Gefühle und Empfindungen zu äußern, ist von seinem Typus bestimmt und soll ihn kennzeichnen, zugleich aber steht sie stellvertretend für die im *Stiller* schon berührten Probleme des Erzählens. Wozu Einbildung, wozu Phantasie in einer Zeit, da man sich zum Interkontinentalflug (damals noch mit der prächtigen Lockheed Super-Constellation) in die Lüfte erheben kann? Schon daß der Roman mit einem Start beginnt, ist kennzeichnend sowohl für die Thematik wie für die Erzählhaltung. Übrigens war das Fliegen für Frisch schon früh, im ersten Tagebuch, mit der Frage verknüpft, wieweit der Mensch sich selbst in der Technik verlorengeht: *Auch der Düsenjäger wird unser Herz nicht einholen. Es gibt, so scheint es, einen menschlichen Maßstab, den wir nicht verändern, sondern nur verlieren können.*[171] Doch hinter dieser Beobachtung steht nicht nur Abscheu vor der Technik, sondern auch ein Stück Faszination, und es hieße den Roman *Homo faber* allzu einseitig auslegen, wollte man in ihm allein die Kritik an der Welt der Apparate und deren Benutzern und Nutznießern sehen. Die kulturkritische Komponente wurde besonders in den fünfziger Jahren verstanden und hervorgehoben. Friedrich Sieburg schrieb: «Man versteht wohl, was der Autor will. Er will, daß dem nur an Tatsachen und Geräte glaubenden Menschen in seiner Gottähnlichkeit bange werde, er will, daß ihm eine Lehre erteilt werde, ja, daß das Schicksal selbst diese tödliche Belehrung vornehme.»[172]

Was passiert? Ausgerechnet Faber, der kühle Kopf, wird in einen Strudel schicksalsträchtiger Ereignisse und Begegnungen gezogen. Er, der nur in der Gegenwart leben möchte, wird durch die mächtige Regie des Zufalls mit der eigenen Vergangenheit konfrontiert. Er trifft auf den Bruder eines alten Freundes, folgt ihm in den Urwald, um den Freund auf einer Plantage zu besuchen. Man findet ihn tot: er hat kurz zuvor Selbstmord begangen. Faber wird aus der Lebensroutine geworfen. Statt wie geplant mit dem Flugzeug nach Europa zu einer geschäftlichen Besprechung zu reisen, wählt er aus einem plötzlichen Impuls heraus die Schiffspassage. Er verlangsamt sein Lebenstempo, kommt dem menschlichen Maßstab ein klein wenig näher. Auf dem Schiff fasziniert ihn eine junge Frau. Sie ist, wie sich herausstellt, das Kind einer Jugendfreundin, die einst den gerade tot aufgefundenen Freund Fabers geheiratet hat. Überraschende Koinzidenz, sagt sich der Ingenieur, statistisch unwahrscheinlich, aber möglich. Er, der keine Gespenster sehen will, sieht indes nicht die ganze Wahrheit: Elisabeth ist seine eigene Tochter. Als es ihm dämmert, ist Elisabeth schon die Geliebte. Zur Vorgeschichte: In den dreißiger Jahren hat Faber ihre Mutter, Hanna, verlassen, beruflicher Chancen wegen. Daß sie schwanger war, wußte er, doch war ausgemacht, daß sie das Kind abtreiben lassen sollte. Das ist nicht geschehen, und so wird der Inzest zwischen Tochter und einem Vater möglich, der gar nicht weiß, daß er Vater ist: Umkehrung und Abwandlung des Ödipus-Motivs.

Der Mann, der alles für berechenbar hält und der dann mit einem Urgesetz der Zivilisation in Konflikt kommt: das ist eine so gewaltige wie gewagte Konstruktion. Frisch hält die Balance, indem er das Unwahrscheinliche seiner Geschichte dramaturgisch nutzbar macht: Schicksal wird zum Drehpunkt der Erzählung. Faber kann sich zunächst über die Realität und sich selbst täuschen, weil er allein an das statistisch Wahrscheinliche glaubt und alle Ahnungen abtut. Er nimmt so die Bedenken der Leser vorweg. Zudem hat Frisch der Geschichte, die so einfach, fast trivial, beginnt, eine zunehmend komplexe Struktur gegeben. Der Roman besteht aus drei Niederschriften Fabers, wobei die letzten beiden – Tagebücher – ineinander verzahnt sind.

Am Ende des ersten Berichts steht: *Geschrieben in Caracas, 21. Juni bis 8. Juli.*[173] Er umfaßt die Zeit von der Notlandung in der Wüste – mit Erinnerungen an die dreißiger Jahre – bis zum Tod von Elisabeth in Griechenland. Ihr Tod ist die Folge eines Unfalls, an dem Faber, der mit ihr reist, keine Schuld trägt. Jedenfalls nicht direkt. Elisabeth ist von einer Schlange gebissen worden: Als Faber ihr helfen will, weicht sie vor ihm zurück, stürzt und erleidet eine Schädelverletzung, die später im Krankenhaus übersehen wird. Wie einst Eva, die von der Schlange den Apfel erhielt, ist auch Elisabeth vom Stand der Unschuld in den der Erkenntnis versetzt worden: so läßt sich das wohl verstehen. Sie ahnt schlagartig ihr Unglück, doch zur Gewißheit kann es nicht mehr werden, da sie das Bewußtsein nicht wiedergewinnt. Im Krankenhaus trifft Faber mit Hanna zusammen, von ihr erfährt er endgültig, daß Elisabeth ihr gemeinsames Kind gewesen ist. Er reist ab, versucht sich in die Arbeit zu stürzen. Parallel zu seinem Bericht, der den ersten Teil des Romans ausmacht und im Stil einer Rechtfertigung gehalten ist (er habe von nichts wissen können), beginnt Faber ein Tagebuch, das seine hektische Flucht durch die Welt dokumentiert. Stationen innerhalb weniger Wochen sind Paris, New York, Venezuela und Kuba. Doch dieser homo faber ist mit seinem Latein am Ende: Er, der Mensch der Technik, der «kunstfertige», auch: «künstliche» Mensch, hat seine Bezugspunkte, seine Sicherheit verloren. Er kündigt bei seiner Firma. Walter Faber kehrt noch einmal nach Griechenland zurück, selber todkrank: Er hat Magenkrebs. Die Notizen, die er im Krankenhaus macht (sie sind im Buch kursiv wiedergegeben, um ihren handschriftlichen Charakter zu betonen), deuten an, daß er vielleicht fähig gewesen wäre, Lehren für sein Leben zu ziehen. Dazu kommt es nicht mehr. Sein letztes Tagebuch bricht kurz vor einer nötig gewordenen Operation ab. Der letale Ausgang läßt sich ausmalen.

Der Roman spielt in dem Jahr, in dem er erschienen ist. Eine geplante Datierung am Ende des Buchs – *Athen, im Juli 1957*[174] – hat Frisch zwar vor der Veröffentlichung wieder gestrichen, doch auch so sind genug Hinweise geblieben: etwa auf die Mondfinsternis vom 13. Mai 1957. Überhaupt fallen die exakten Zeitangaben ins Auge. Auch das Datum der Notlandung läßt sich rekonstruieren (es ist der 2. April): Für einen Mann wie Faber sind diese Fixpunkte wichtig. Erst im Krankenhaus, in seinen letzten Aufzeichnungen, verzichtet er auf den Rahmen genauer Datierungen. Und er gibt eine *Verfügung für den Todesfall: alle Zeugnisse von mir wie Berichte, Briefe, Ringheftchen, sollen vernichtet werden, es stimmt nichts.*[175] Der Roman, der im selbstgewissen Tonfall eines Rechenschaftsberichts beginnt, endet mit einer Rücknahme. Eine eindeutige Perspektive, an die sich der Leser halten könnte, gibt es im *Homo faber* so wenig wie im *Stiller*.

Der Ingenieur Faber ist als Chronist nicht verläßlich, er verändert seine Optik – und ist doch der einzige, der berichtet. Während Stiller seine eigene Geschichte nur als ungewisse und fremde vortragen kann, da er sie und sich nicht akzeptieren will, ist Faber zunächst in der Lage, über sein Leben ohne große Probleme zu plaudern: Denn so, wie er sich selbst sieht, ist es ihm recht. Erst als – spät – die Zweifel kommen, zerfällt auch sein Bericht mehr und mehr. Die beiden Romane stehen in einem engen Zusammenhang. Frisch selbst hat einem Literaturkritiker in einem Brief bestätigt: *Daß Stiller und Faber komplementär sind, meinte ich auch immer, blieb aber mit dieser Einsicht bisher der Einzige.*[176] Eine biographische – gewiß etwas vordergründige – Deutung könnte lauten: Mit Stiller und Faber hat Frisch zwei Seiten der eigenen Person dargestellt, die musische und mathematische Begabung, den Künstler und den Techniker. Denn der scheiternde Faber steht seinem Autor wohl doch etwas näher, als die Mehrzahl der Interpreten bis heute wahrhaben will. Die Sprache des Ingenieurs – so nüchtern sie gemeint ist – schwingt sich immer wieder in jene Satzmelodie ein, die Frischs Schreiben spätestens seit dem ersten Tagebuch prägt. Rollenprosa in letzter Konsequenz ist das nicht. Vielleicht ist das auch ein Grund dafür, daß der Roman formal nicht so überzeugend wirkt wie sein grandioser Vorgänger. Die Konstruktion ist zwar einleuchtend und in sich stimmig, doch keineswegs éiner jener fesselnden Einfälle, die vom ersten Satz an die Perspektive überzeugend bestimmen.

Wie nach diesen beiden Romanen weiter? Daß eine Lebensgeschichte nicht etwas ist, das sich aus dem Rückblick problemlos darstellen läßt, hatte Frisch zweimal schlüssig vorgeführt. Mit Stiller zeigte er einen Mann, der sich sein Leben von anderen erzählen läßt und seine Identität leugnet, mit Faber das Gegenstück: einen Selbstgewissen, dessen Lebenslegende erst nach und nach Sprünge bekommt und dessen Selbstbild schließlich völlig in Scherben fällt. Beide sind höchst unzuverlässige Chronisten ihrer selbst. Frisch war an einen Punkt gekommen, der einen Rückschritt auf sicheres Erzählterrain nicht mehr zuließ. Er stand mit diesem Problem nicht allein: Konnte einst ein Autor als allwissender Erzähler in die Köpfe seines Romanpersonals schauen und die Fäden vieler Figuren fest in der Hand halten, so mehrten sich – spätestens – im 20. Jahrhundert Zweifel daran, ob das noch eine plausible Erzählweise und Perspektive sein könne. Immer häufiger beschränkte sich der moderne Romancier auf den Blickwinkel einer einzigen Person. Bevorzugt wurde die Figur eines fiktiven Ich-Erzählers. Nicht ohne Grund nannte Walter Jens 1961 jene Form, die alles Geschehen durch die Wahrnehmung eines Chronisten filtert, «die Romanform der Moderne»[177]. Zur selben Zeit schrieb in Frankreich Nathalie Sarraute: «Der Bericht in der Ich-Form befriedigt die legitime Neugierde des Lesers und dämpft die nicht minder berechtigten Bedenken des Autors. Außerdem besitzt er wenigstens den Anschein einer lebendigen Erfahrung, eben der Authentizität, die den Leser in Respekt hält und sein Mißtrauen beruhigt.»[178] Anfang der sechziger Jahre, als diese literaturtheoretischen Fragen viel diskutiert wurden, war man sich einig, daß menschliche Handlung nicht überschaubar, ein Mensch als Charakter nicht definierbar sei. Max Frisch hatte mit *Stiller* und *Homo faber* diese Position in Praxis umgesetzt: Er zerstörte – wie vor ihm ironisch schon Thomas Mann im «Doktor Faustus» – jene letzte Sicherheit, die der Ich-Erzähler dem Roman als festen Standpunkt und point of view noch zu geben schien. Allerdings blieb die Demontage noch zaghaft, hinter den Trugbildern und Abwandlungen war so etwas wie eine eigentliche Geschichte jeweils zu ahnen.

In dem Roman *Mein Name sei Gantenbein* – er erschien 1964 – gibt es nicht einmal mehr die Andeutung einer solchen Geschichte. Der Roman ist das vertrackteste und faszinierendste Buch, das Frisch je geschrieben hat. Hier wird die Erzählproblematik auf die Spitze getrieben. Und es kommt dabei heraus: ein Werk, das diese Problematik bis in seine Struktur hinein aufnimmt und gleichzeitig spannenden Lesestoff bietet. Wie kaum ein Buch dieser Jahre – in Frankreich war damals der nouveau roman im Gespräch, in Deutschland experimentierten Helmut Heißenbüttel, Jürgen Becker und Ror Wolf mit neuen Prosaformen – nimmt *Mein Name sei Gantenbein* die Erneuerungslust auf und bleibt zugleich nicht im Experiment stecken. Der Roman, so erweist sich nach zwei Jahrzehnten, ist kein Modeprodukt. Er verwandelt Theorie in überzeugende Form.

Mein Name sei Gantenbein ist das einzige Prosabuch, zu dem Frisch einige theoretische Anmerkungen gemacht hat. Im Jahre 1960, als er mit ersten Entwürfen beschäftigt war, veröffentlichte er einen kurzen Text unter dem Titel *Unsere Gier nach Geschichten*[179]. Darin heißt es: *Man kann die Wahrheit nicht erzählen. Das ist's. Die Wahrheit ist keine Geschichte, sie hat nicht Anfang und Ende, sie ist einfach da oder nicht, sie ist ein Riß durch die Welt unseres Wahns, eine Erfindung, aber keine Geschichte. Alle Geschichten sind erfunden, Spiele der Einbildung, Entwürfe der Erfahrung, Bilder, wahr nur als Bilder. Jeder Mensch, nicht nur der Dichter, erfindet seine Geschichten – nur daß er sie, im Gegensatz zum Dichter, für sein Leben hält – anders bekommen wir unsere Erlebnismuster, unsere Ich-Erfahrung, nicht zu Gesicht.*[180]

Ein Jahr später schrieb Frisch – aus Rom – dem befreundeten Dramatiker Carl Zuckmayer über den entstehenden Roman: *Es tut mir gut, glaube ich, abseits zu sein vom literarischen Rummel. Ich versuche mich in einem seltsamen Roman, und so fraglich dieses Unternehmen noch ist, ich fühle mich im Roman doch wohler als auf der Bühne.*[181] Die erste Fassung war 1963 fertig und trug den Titel «Lila oder Ich bin blind». Doch es dauerte noch gut ein Jahr, bis der Roman *Mein Name sei Gantenbein* zur Veröffentlichung reif war. In einem Verlagsalmanach bediente Frisch das Publikum mit neuen erklärenden Hinweisen: *Die Person ist eine Summe von verschiedenen Möglichkeiten, meine ich, eine nicht unbeschränkte Summe, aber eine Summe, die über die Biographie hinausgeht. Erst die Varianten zeigen die Konstante.*[182]

Mein Name sei Gantenbein ist ein Roman der Varianten. Er enthält Geschichten, die sich als Entwürfe präsentieren, Geschichten, die sich ergänzen, widersprechen, gegenseitig beleuchten oder revidieren. Einen sicheren Standpunkt gibt es nicht. Alles fließt, findet seine Mitte allein in der Anschaulichkeit der Episoden. Sie bleiben nicht skizzenhafte Behauptungen, sondern werden zu Miniaturgemälden gestaltet. Die Plausibilität der einzelnen Mosaiksteinchen – sie findet in der genauen Sprache Ausdruck – ist das Fundament, auf das der Leser bauen kann, auch wenn sich die Teile partout nicht zu einer Fabel zusammenfügen wollen.

Da ist die Geschichte von Gantenbein, einem Mann, der vorgibt, blind zu sein. Am Beginn dieses Phantasie- und Gedankenexperiments (wie sieht man die Welt, wenn die anderen nicht wissen, daß man sie sieht?) steht ein Unfall – übrigens auch in Wirklichkeit: Frisch kam die Idee zu dieser Episode, so hat er berichtet, nach einem Autounfall.[183]

Eines Morgens wird der Verband gelöst, und er sieht, daß er sieht, aber schweigt; er sagt es nicht, daß er sieht, niemand und nie.

Ich stelle mir vor:

Sein Leben fortan, indem er den Blinden spielt auch unter vier Augen, sein Umgang mit Menschen, die nicht wissen, daß er sie sieht, seine gesellschaftlichen Möglichkeiten, seine beruflichen Möglichkeiten dadurch, daß er nie sagt, was er sieht, ein Leben als Spiel, seine Freiheit kraft seines Geheimnisses usw.

Sein Name sei Gantenbein.[184]

Die tastende Erzählhaltung ist charakteristisch. Alle Geschichten werden so oder ähnlich vorgestellt und durchgeführt: als Spekulationen, Erfindungen. Der Leser wird immer wieder mit der Nase darauf gestoßen, daß er sich im Reich der Fiktion befindet. *Ich probiere Geschichten an wie Kleider!* heißt es.[185] Und immer wieder: *Ich stelle mir vor.*

Gantenbein bleibt nicht allein. Andere Männerfiguren treten hinzu: Enderlin, Svoboda. Eine Frau taucht auf: die Schauspielerin Lila. Handelt es sich stets um dieselbe Frau? Auch ihre Beziehung zu den drei Männern ist nicht eindeutig festgelegt. Gantenbein spielt zumeist die Rolle des Ehemanns, Enderlin die des Geliebten, Svoboda ist der ehemalige Ehemann. Nichts ist hier gewiß, kann es nicht sein, weil das Erzähl-Ich sich die Masken greift, wie es ihm gerade paßt. Nur in die Rolle der Frau schlüpft der Erzähler nie, auch nicht versuchsweise. Lila erhält nicht das Wort, sie wird aus der Perspektive des Mannes gesehen, immer: egal ob durch die Brille des Geliebten oder des – angeblich blinden – Ehemanns. Ein Verwirrspiel von höchstem Reiz und mit verblüffenden Effekten.

Es geht um die Liebe. Die Konstante aller Varianten: Probleme zwischen Mann und Frau. Nie zuvor – auch nicht im *Don Juan*, auch nicht im *Stiller* – hat sich Frisch so weit vorgewagt, versteckt hinter einem anonymen Ich-Erzähler, der sich seinerseits hinter wechselnden Masken verbirgt. Vorgewagt nicht im Sinne drastischer Schilderungen erotischer Aktivitäten (sie werden beschrieben, offen, doch dezent), sondern vorgewagt mit freizügigen Einblicken in die männliche Psyche. Darum kreisen alle diese Geschichten, Märchen und Erzählungen: um Eifersucht, Ehe, Untreue, Glück und Trauer. Frisch vermag diese heiklen – weil zur Trivialität drängenden – Sujets aufzugreifen, ohne daß sie ihm zum Klischee geraten. Einige Seiten über die Ehe etwa sind ein Kleinod an Beobachtungsgabe und Darstellungskraft.[186] So fesselt der Roman nicht allein durch seine großartige Konzeption, sondern ebenso durch die vergnüglichen und lehrreichen Anmerkungen zu einem allzeit aktuellen Thema.

Beides ist im *Gantenbein* nicht voneinander zu trennen. Und nur so wird aus dem großartigen und vergnüglichen auch ein großer Roman. Die Form enthält Botschaft: Ein Mann kann gegenüber einer bestimmten Frau niemals alle Rollen durchspielen, die möglich wären. Er kann nicht zugleich mit ihr verheiratet und derjenige sein, mit dem sie den Ehemann betrügt; er kann nicht sowohl Lebenspartner wie Ehemaliger sein. Und doch gehören alle Spielformen zur Rolle des Mannes: Varianten eines Musters. Der Wunsch, einer geliebten Frau in jeder denkbaren Form zu begegnen, ist nur im Reich der Phantasie erfüllbar. Was hier an der Liebe exemplifiziert wird, gilt für das menschliche Leben generell: Niemand kann – ein so banaler wie weitreichender Gedanke – die Alternativen parallel durchleben. Das ist nur möglich im Traum, in der Fiktion: in der Literatur.

Der Roman *Mein Name sei Gantenbein* zeigt, was der Literatur möglich, dem Menschen jedoch nicht gegeben ist: mehrere Leben zu leben. Ein Roman also gleichermaßen über die Literatur wie über die Fesseln der Realität. In der Fiktion kann ein Mann nach einer Liebesnacht sowohl das nächste Flugzeug nehmen als auch bei der Geliebten bleiben. In *Gantenbein* werden die sich gegenseitig ausschließenden Alternativen über mehrere Seiten ausgestaltet und nebeneinander montiert.[187] Ein Lehrstück, Literatur gewordene Lebensphilosophie. Das Fazit: was man auch macht, es ist nur ein Teil des Lebens, *und den anderen Teil muß ich mir vorstellen*[188]; denn: *Der nämlich bleibt, stellt sich vor, er wäre geflogen, und der nämlich fliegt, stellt sich vor, er wäre geblieben, und was er wirklich erlebt, so oder so, ist der Riß, der durch seine Person geht.*[189]

Die Liebe, das Leben, die Vergänglichkeit: es sind große Themen, die Frisch immer wieder aufgreift. Und er bewältigt sie, indem er stets aufs neue Rahmen und Formen erfindet, die einen fremden Blick auf die vertrauten Sujets erlauben: hier das Spiel mit den Möglichkeiten, den Varianten. Die Keimzelle des Romans ist – wie der Gefängnisaufenthalt im *Stiller*, der Inzest im *Homo faber* – eine schicksalhafte Konstellation: jene vom blinden Seher oder sehenden Blinden. Hat man die Konstruktion des *Gantenbein*-Romans erst einmal erfaßt, so zeigt sich schnell, daß sie alles andere als beliebig oder gar konfus ist. Gegen Schluß sagt der Ich-

Erzähler von sich: *Ich bin blind. Ich weiß es nicht immer, aber manchmal.*[190] Blind? Seiner Lebensgeschichte gegenüber. Er vermag sich selbst nicht zu erkennen. Gantenbein, seine Erfindung, ist die Umkehrung: Er sieht, weil er vorgibt, blind zu sein. In den Spiegelungen, Phantasien und Kontrastgeschichten verstellt sich das chimärenhafte Ich des Romans, um sich doch zugleich zu enttarnen. Am Ende fragt sich der Erzähler, *ob die Geschichten, die ich mir vorstellen kann, nicht doch mein Leben sind*[191]. Sie sind es, weil er anders über sich nicht reden kann (und natürlich in jenem Sinn, daß die Träume zu unserem Leben gehören und sein angemessener Ausdruck sein können).

Am Schluß des Romans kehrt auch eine Szene mit dem Ich-Erzähler wieder, die beim erstenmal schon sehr früh im Buch, fast unauffällig, auftaucht. Zunächst kann man sie als eine von vielen Geschichten verstehen. Nun plötzlich erweist sie sich als Schlüsselszene. Ein Mann sitzt in einer verlassenen Wohnung allein. Es ist die Wohnung, in der er mit einer Frau gelebt hat. Er will das Scheitern begreifen, aber er vermag es nicht an seinem eigenen Beispiel. Er beginnt, jene Geschichten zu phantasieren, die den Roman ausmachen.

Ich sitze in einer Wohnung: – meiner Wohnung ... Lang kann's nicht her sein, seit hier gelebt worden ist; ich sehe Reste von Burgunder in einer Flasche, Inselchen von Schimmel auf dem samtroten Wein, ferner Reste von Brot, aber ziegelhart ... Ich hocke noch immer in Mantel und Mütze, Hände in den Hosentaschen. Es riecht nach Staub und Bodenwichse. Von den Personen, die hier dereinst gelebt haben, steht fest: eine männlich, eine weiblich.[192]

Über dieses Paar erfährt der Leser nichts, einzig in der Summe aller Episoden und Varianten liegt irgendwo auch die ausgesparte Geschichte verborgen. Noch konsequenter als im *Stiller*-Roman wird hier in der Form einer Verweigerung erzählt. Die eigentliche Geschichte ist nicht aufzufinden, auch nicht zusammenzusetzen oder zu rekonstruieren. Es gibt diese Geschichte nicht mehr: sie ist nicht erzählbar. Mit *Gantenbein* ist Frisch die literarische Umsetzung einer Einsicht gelungen, die ihn schon lange begleitete und die er in seinem *Tagebuch 1946–1949* so umrissen hat:

Unser Anliegen, das eigentliche, läßt sich bestenfalls umschreiben, und das heißt ganz wörtlich: man schreibt darum herum. Man umstellt es. Man gibt Aussagen, die nie unser eigentliches Erlebnis enthalten, das unsagbar bleibt; sie können es nur umgrenzen, möglichst nahe und genau, und das Eigentliche, das Unsagbare, erscheint bestenfalls als Spannung zwischen den Aussagen.[193]

Und ebenfalls schon in den vierziger Jahren hat sich Frisch mit der Frage beschäftigt, ob es nicht möglich sei, den Verfremdungseffekt des Brechtschen Theaters auch auf das Erzählen anzuwenden: ... *das Spielbewußtsein in der Erzählung, das Offen-Artistische, das von den meisten*

Deutschlesenden als «befremdend» empfunden und rundweg abgelehnt wird, weil es «zu artistisch» ist, weil es die Einfühlung verhindert, das Hingerissene nicht herstellt, die Illusion zerstört, nämlich die Illusion, daß die erzählte Geschichte «wirklich» passiert ist usw.[194] In diesem Roman ist es ihm gelungen, ohne daß der Leser deswegen weniger hingerissen sein müßte. Denn Anti-Erzählung ist bei Frisch immer noch: Spannung im Detail, Stimmigkeit jeder einzelnen Episode. Gleichwohl ist *Mein Name sei Gantenbein* ein Vorstoß an die Grenzen literarischer Erzählung. Ein Fortschreiten ist, jedenfalls für einen Schriftsteller, der nicht ein Muster einfach wiederholen will, kaum denkbar. Max Frisch hat seither keinen Roman mehr geschrieben.

Bühnenerfolge

Der Aufstieg zum international berühmten Schriftsteller in den fünfziger und sechziger Jahren betraf sowohl den Romancier wie den Dramatiker. Die Erfolge der Romane verhinderten nicht, daß bei Frisch die alte Liebe zum Theater immer wieder aufflammte. Die Bühne mit ihrem Werkstattcharakter war ihm Herausforderung: Da gab es Menschen, die die geschriebenen Texte nicht nur gestalteten, sondern auch einer unausweichlichen Prüfung unterzogen, da gab es Diskussionen, die Korrekturen erzwangen und Einsichten brachten. Eine Lehranstalt: Frisch entzog sich nicht. Er holte – im Gegenteil – alte Stücke fast regelmäßig wieder hervor und überarbeitete sie. Die Veränderungen reichen von stilistischen Ausbesserungen bis zur entschlossenen Neufassung. Einmal – 1965 – notierte er: *Die meisten Menschen haben ein Glück, dessen sie sich nie bewußt werden: sie brauchen nicht zu hören, was sie vor Jahrzehnten gesagt haben, und nicht zu sehen, wie sie sich vor Jahrzehnten bewegt haben. Der Schriftsteller, ob er will oder nicht, ist dieser Prüfung unterworfen und zwar öffentlich.*[195]

Dies schrieb Frisch anläßlich der dritten Fassung der *Chinesischen Mauer*. Dieses Stück gibt es bislang in vier Versionen: in der Urfassung, 1946 in Zürich aufgeführt, je in einer 1955 in West-Berlin und einer zehn Jahre später in Hamburg aufgeführten Überarbeitung, beide von Oscar Fritz Schuh angeregt, und in der *Version für Paris,* 1972, die auch als Buchausgabe erschien. Bei dem Drama *Als der Krieg zu Ende war* von 1949 strich Frisch dreizehn Jahre später einfach den dritten Akt. *Graf Öderland* wiederum gibt es in drei Fassungen mit beträchtlichen Unterschieden. Sie wurden jeweils 1951 in Zürich, 1956 in Frankfurt am Main und 1961 in West-Berlin erstmals aufgeführt. Zur Fertigstellung der dritten Fassung schrieb Frisch an Siegfried Unseld, der nach Peter Suhrkamps Tod den Verlag übernommen hatte: *Jetzt habe ich das Stück in einem Zug nochmals geschrieben. Von Anfang bis Ende.* Er habe es *vom*

Direkt-Politischen der zweiten Fassung wie auch vom Privaten der ersten Fassung verändert *in Richtung auf den Spuk, was es in der ersten Skizze war.*[196] Auch den *Don Juan* von 1953 überarbeitete Frisch: neun Jahre später, allerdings nur leicht.

Fast nebenbei, als Bearbeitung eines Hörspiels (das wiederum auf einen Prosatext zurückgeht) entstand 1957 das berühmteste Theaterstück von Frisch, eines der erfolgreichsten deutschsprachigen Bühnenwerke überhaupt: *Biedermann und die Brandstifter*, am 29. März 1958 vom Zürcher Schauspielhaus uraufgeführt. Bis heute wird die Parabel vom Bürger, der die Brandstifter aus Feigheit in sein Haus aufnimmt, immer wieder aufs Programm gesetzt, nun zumeist von mittleren und kleinen Bühnen. Allein in deutscher Sprache hat das Stück mittlerweile rund 140 Inszenierungen erlebt, die Taschenbuchausgabe überschritt 1982 die Millionengrenze (was als Zeichen dafür zu nehmen ist, daß auch in den Schulen das Interesse anhält). Zuerst notierte Frisch die Geschichte als *Burleske* Anfang 1948 in seinem Tagebuch: in der Du-Form[197], eine Skizze, *später in provisorischer Weise ausgebeutet, als der Bayerische Rundfunk sich als Mäzen meldete mit dem Auftrag zu einem ersten Hörspiel*[198]. In der Rundfunkfassung – 1953 – heißt die Hauptfigur schon Biedermann und ist als Fabrikant genauer beschrieben. Auch sonst stimmt der Hörspieltext in vielen Details mit der späteren Bühnenfassung überein, die auf Anregung von Kurt Hirschfeld entstand. Eine wesentliche Neuerung ist der Einsatz eines Chors im Sinn der antiken Tragödie: Feuerwehrmänner kommentieren und antizipieren das Geschehen im alten Versmaß – Persiflage und Theaterspaß, auch ein Verfremdungsmittel.

Das *Biedermann*-Stück fand schnell, schon bei den ersten Aufführungen, ein positives Echo. Man nahm und verstand es als Modell. Doch wofür? Der Theaterkritiker Hellmuth Karasek sah eine Parabel, in der die Machtergreifung Hitlers treffend eingefangen sei: «Die Erfahrung, daß Hitler aus seinen wahren Absichten in ‹Mein Kampf› nie einen Hehl gemacht hat, ist hier szenisch faßbar geworden.»[199] Ein anderer Interpret befand, daß Frisch das «Modell eines kalten Staatsstreiches nach bolschewistischem Muster» geschaffen habe: «Der Umsturz vollzog sich in der Tschechoslowakei genau nach diesem Muster: Eine ahnungslose, biedere, vertrauensselige bürgerliche Gesellschaft nahm die bolschewistischen Brandstifter in ihr Haus auf und mußte es sich schließlich machtlos gefallen lassen, daß ihr die Eindringlinge das Staatsgebäude über dem Kopf anzündeten.»[200]

Spricht solche Auslegbarkeit für oder gegen ein Stück? Der Erfolg hat mit der vielseitigen Deutbarkeit gewiß zu tun, und bei Frisch mehrten sich schon bald die Zweifel, ob die Publikumsgunst nicht auch auf einem Mißverständnis beruhe: auf einer strikt antikommunistischen Lesart. *Biedermann* als Warnruf vor linker Unterwanderung? So hatte Frisch das Stück nicht gemeint, auch wenn die Prosafassung in der Tat auf einen Tagebucheintrag über den Umsturz in der Tschechoslowakei 1948 folgte.[201] Für die deutsche Erstaufführung in Frankfurt am Main (am 28. September 1958) schrieb er ein *Nachspiel*, das die Biedermann-Figur deutlich als Nazi-Mitläufer charakterisiert. Mit diesem Anhang erreichte das Stück zugleich abendfüllendes Ausmaß. In Zürich war es zusammen mit einem Schwank von Frisch aufgeführt worden: *Die große Wut des Philipp Hotz*. Dieser Einakter um eine verhinderte Ehescheidung (ein Intellektueller will seiner Frau vergeblich demonstrieren, daß er nicht nur reden, sondern auch handeln kann) ist zwar eine gelungene Komödie, doch er war, an *Biedermann* gekoppelt, nicht mehr als eine Verlegenheitslösung. Auch das Nachspiel befriedigte Frisch nicht auf Dauer. Er zog es später zurück.

Wer denn eigentlich mit den beiden Brandstiftern gemeint sei, die Frage ist mir in zwanzig Jahren mindestens von tausend Schülern gestellt worden. Gottlieb Biedermann ist ein Bourgeois, das ist offenbar. Aber zu welcher Partei gehören die beiden Brandstifter? Mit dieser Frage befaßte sich Frisch 1978 noch einmal, als sein Stück nach zwanzig Jahren von der Uraufführungsbühne wieder ins Programm genommen wurde. *Ich meine: die beiden gehören in die Familie der Dämonen. Sie sind geboren aus Gottlieb Biedermann selbst: aus seiner Angst, die sich ergibt aus seiner Unwahrhaftigkeit.* Das feuergefährliche Benzin auf dem Dachboden des Herrn Biedermann habe sich inzwischen vermehrt, notierte Frisch, es reiche für einen Weltbrand. *Was soll da noch zum Lachen sein?*[202]

Ein zweites Erfolgsstück war zu Beginn der sechziger Jahre auf die Bühne gekommen: *Andorra*, vom Schauspielhaus Zürich im November 1961 uraufgeführt. In der Vorbemerkung wird der Parabelcharakter betont: *Das Andorra dieses Stücks hat nichts zu tun mit dem wirklichen Kleinstaat dieses Namens, gemeint ist auch nicht ein andrer wirklicher Kleinstaat; Andorra ist der Name für ein Modell.*[203] An Aufführungszahl und Auflagenhöhe steht *Andorra* dem Vorgänger nicht nach, beginnt sogar das ältere Stück langsam zu überflügeln. Gezeigt wird die mörderische Konsequenz von rassistischer Gesinnung, Duckmäusertum und Dünkel am Beispiel der Andorraner, die den Jungen Andri für einen Juden halten. Die Außenseiterrolle, die man ihm aufdrängt, verändert ihn nach und nach in Richtung auf das Bildnis, das man sich von ihm macht; die Enthüllung, daß er gar kein Jude ist, kommt zu spät – eine theaterwirksame Pointe, die Frisch freilich nicht ans Ende setzt, sondern dem Zuschauer gleich am Anfang mitteilen läßt. Er will kein Illusionstheater, er wünscht die Distanz des Publikums zum Bühnengeschehen, ganz im Sinne Brechts, der beim Zuschauer folgende Einstellung gegenüber der Bühnenfigur angestrebt hatte: «Das Leid dieses Menschen erschüttert mich, weil es doch einen Ausweg für ihn gäbe.»[204]

Daß gerade für die beiden erfolgreichsten Stücke Frischs das Theater und die Theorie Brechts Vorbild und Anregung waren, steht außer Zwei-

Max Frisch beim Tanz, 1966

fel. Die *Biedermann*-Geschichte hat Frisch selbst einmal als *Musteraufgabe für episches Theater* bezeichnet.[205] Aber zugleich hat er dem Theaterstück den Untertitel *Ein Lehrstück ohne Lehre* gegeben und sich damit bewußt von Brecht abgesetzt. Auch wenn Frisch viele Elemente des Verfremdungstheaters aufgreift (etwa die Ansprache an das Publikum, das Heraustreten der Figuren aus der Handlung), so ist bei ihm doch etwas ganz anderes daraus entstanden als Brechtsche Dramatik. Frisch sucht auf dem Theater Fragen zu präzisieren, Brecht wollte bestimmte Antworten provozieren.

Der Publikumserfolg konnte dem Dramatiker Frisch allerdings die Skepsis gegenüber den eigenen Stücken nicht nehmen. Er entwickelte ein *zunehmendes Unbehagen an der Parabel*. Er begründete das 1969 in einem schriftlichen Dialog mit Walter Höllerer so: *Parabel ist Sinn-Spiel, es wird ein Vorgang gezeigt, der so, wie er da gezeigt wird, in der Realität kaum stattfinden könnte; der Bezug zur Realität entsteht nicht durch Imitation von Realität, sondern es wird Kunst-Stoff vorgeführt, und erst dieser Sinn, destilliert aus Kunst-Stoff, verbindet sich in unserem Bewußtsein mit einer Realität, indem er sich auf Realität, die als solche nicht abzubilden ist,*

Max Frisch bei Proben zu «Andorra».
Städtische Bühnen Frankfurt a. M., Januar 1962

scheint übertragen zu lassen ... Das eben: die Parabel geht meistens auf. Hang zum Sinn. Sie täuscht Erklärbarkeit vor, zumindest Zwangsläufigkeit. Sie gibt sich gültig, indem sie zugleich vage bleibt.[206] Besser lassen sich die Einwände, die gegen *Biedermann und die Brandstifter* und *Andorra* möglich sind, nicht zusammenfassen. Ihren Wert haben beide Stücke uneingeschränkt als Folie für Diskussionen (auch und gerade im Schulunterricht), sie sind anregend, durchaus politisch gedacht, Kabinettstücke ihrer Art – doch daß sie wirklich großes Theater sind, darf man heute bezweifeln. Voraussagen kann man freilich auch: auf den Spielplänen werden sie noch lange erscheinen.

Frisch ließ sich Zeit mit dem nächsten Stück. 1967, sechs Jahre nach *Andorra*, war die Uraufführung in Zürich zugesagt. Doch es gab unerwartete Komplikationen zwischen Frisch und dem Regisseur Rudolf Noelte, die sogar ein gerichtliches Nachspiel hatten; der Regisseur unterlag. *Biografie: Ein Spiel* kam im Februar 1968 auf die Bühne des Schauspielhauses (unter neuer Regie). Den Erfolg der Vorgänger konnte dieses Stück nicht wiederholen, allerdings liegt es – gemessen an den deutschsprachigen Aufführungen – mittlerweile an vierter Stelle in der Erfolgsskala der Frisch-Dramen (nach *Don Juan*). *Biografie: Ein Spiel* hat mit *Andorra* weit weniger Verwandtschaft als mit dem *Gantenbein*-Roman. Frisch selbst hat von einem *Varianten-Spiel* gesprochen.[207]

Was passiert? Kürmann, der erfolgreiche Wissenschaftler, darf sein Leben wiederholen, er darf es sogar verändern: wo immer er will, kann er eingreifen, Weichen anders stellen. Ein Wunsch, den jeder kennt: mit den Erfahrungen, die das Leben gebracht hat, dieses Leben noch einmal zu bestehen. Würde man Fehler vermeiden? Frisch läßt das durchspielen. Zunächst will Kürmann beim Naheliegenden ansetzen: bei seiner gescheiterten zweiten Ehe. Dann sieht er ein, daß er weiter vorne neu beginnen muß. Doch immer, wenn ihm die Entscheidungssituation auf der Bühne noch einmal eingeblendet wird, ist er wieder in den alten Fesseln gefangen. Frischs Fazit: das Gedankenspiel, nach einem Probelauf wäre man reif für das richtige Leben, ist wohl Illusion. Kürmann jedenfalls kann die Chance nicht nutzen. Ein Registrator, der ihm beim Durchspielen behilflich ist, hält ihm am Ende resümierend vor: *– statt dessen: Dieselbe Wohnung. Dieselbe Geschichte mit Antoinette. Nur ohne Ohrfeige. Das haben Sie geändert. Ferner sind Sie in die Partei eingetreten, ohne deswegen ein andrer zu werden. Was sonst? Und Sie halten einigermaßen Diät. Das ist alles, was Sie geändert haben, und dazu diese ganze Veranstaltung!*[208] Ironische Pointe des Stückes: Antoinette, die Ehefrau, am Schluß aufgerufen, ihr Leben neu aufzurollen, zögert keine Sekunde. Ihre Ehe mit Kürmann findet nicht statt. Frisch erweist sich auch hier als Kenner der Psyche von Mann und Frau. Ihm gelingen wie nebenbei aphoristische Verknappungen, die ein ganzes Lebensschicksal enthalten können. Der Registrator zu Kürmann: *Sie halten sich für einen Frauenkenner, weil Sie jeder Frau gegenüber jedesmal denselben Fehler machen.*[209] Und bisweilen schwingt wohl auch eine Portion Selbstironie Frischs mit: *Haben Sie nichts anderes im Kopf als die Ehe?*[210]

Biografie: Ein Spiel schlägt den Bogen zu dem ersten Frisch-Stück *Santa Cruz*, verbindet gleichzeitig thematisch das Bühnenwerk mit den Romanen. In einer Zeit, wo (in der Bundesrepublik zumindest) die Politisierung der Literatur gefordert wurde, war diese Besinnung auf scheinbar Privates nicht besonders opportun. Schon ein paar Jahre zuvor, in *Gantenbein*, hatte Frisch die Antwort gegeben: *Es ist nicht die Zeit für Ich-Geschichten. Und doch vollzieht sich das menschliche Leben oder verfehlt sich am einzelnen Ich, nirgends sonst.*[211]

Daß ihm die Bekräftigung dieser Ansicht in der Prosa wohl besser gelungen ist als auf der Bühne, hat Max Frisch durchaus nicht verkannt. *Ich komme mit dem «Stiller» besser zurecht als mit den Stücken aus dieser Zeit,* so Frisch im Rückblick, *wobei es aber nicht so ist, daß ich sie verleugne. Ich habe zur Prosa einfach ein besseres Verhältnis.*[212] Nach *Biografie: Ein Spiel* hat er zehn Jahre lang kein Theaterstück mehr geschrieben.

Voraussetzungen und Konsequenzen

Öffentlichkeit als Partner

Ein Zitat aus den siebziger Jahren: *Da Lynn nichts gelesen hat, was ich veröffentlicht habe, genieße ich es, einmal lauter Gegenteil zu reden: – Politik kümmert mich überhaupt nicht. Verantwortung des Schriftstellers gegenüber der Gesellschaft und das ganze Gerede, die Wahrheit ist, daß ich schreibe, um mich auszudrücken. Ich schreibe für mich. Die Gesellschaft, welche auch immer, ist nicht mein Dienstherr, ich bin nicht ihr Priester oder auch ihr Schulmeister. Öffentlichkeit als Partner? Ich finde glaubwürdigere Partner. Also nicht weil ich meine, die Öffentlichkeit belehren oder bekehren zu müssen, sondern weil man, um sich überhaupt zu erkennen, ein imaginäres Publikum braucht, veröffentliche ich. Im Grunde schreibe ich aber für mich selbst ... Lynn protestiert gar nicht; es klingt überzeugender (auch für mich) als erwartet.*[213]

Max Frisch hat sich nach 1945 in die Politik gemischt und seine Meinung öffentlich vertreten. Dabei hat er sich nie von einer politischen Partei einspannen lassen, und sein Engagement war von Selbstzweifel nicht frei. Seine Skrupel hat er benannt. *Man soll, zum Beispiel, Reden halten, man soll sich zeigen. Das wird verlangt. Und noch mehr: plötzlich soll man etwas zu sagen haben, bloß weil man Schriftsteller ist. So rächt sich die Öffentlichkeit dafür, daß wir sie angesprochen haben!*[214] Frisch sagte das 1958, als er die Eröffnungsrede zur Frankfurter Buchmesse zu halten hatte. Der Titel *Öffentlichkeit als Partner* ist fast schon zu einem geflügelten Wort geworden.

Öffentlichkeit als Partner? Das ist für einen skrupulösen Autor eine Formel voller Widerhaken. Frisch weiß um das doppelte Gesicht des politischen Engagements: *Zwar lieben wir Schriftsteller es zuweilen, vom Schreibtisch aufzuspringen und sozusagen im Stehen ein aktuelles Manifest zu unterzeichnen, unbekümmert um Opportunität und auf diese Unbekümmertheit stolz, sozusagen draufgängerisch, als wöge das persönliche Rühmlein, das da ein jeder unterschriftlich verpfändet, die Mühseligkeit politischer Tätigkeit auf, die wir dann, ein jeder an seine Schreibmaschine zurückgekehrt, andern Zeitgenossen überlassen.* So Frisch 1964 auf einer Dramaturgentagung, und er präzisierte seine Bedenken: *Bin ich dadurch,*

Max Frisch erhält im November 1958 den «Georg-Büchner-Preis»

daß ich mich vor andern Mitbürgern auszeichne am Schreibtisch, berufen oder auch nur befugt, Staatsmännern schreibend die Aufgabe zu stellen, der ich mich dann selbst entziehe? [215]

Frisch hat seine Literatur zu keiner Zeit direkt in den Dienst der Politik gestellt. Aber es gibt bei ihm auch keine strikte Trennung zwischen Werk und öffentlichem Auftritt. Vielmehr ist die fragende und tastende Haltung, die seine Literatur kennzeichnet, auch der Gestus seiner Reden, Kommentare und Wortmeldungen. Er verkündet keine Gewißheiten. Seine Ansprachen sind Musterfälle undogmatischer und undemagogischer Rhetorik, selber Literatur. Auf verschiedenen Ebenen, nicht selten mit wechselnden Erzählhaltungen, umkreisen sie ein Problem und geben sich kaum jemals mit einer einfachen Lösung zufrieden.

Das heißt allerdings nicht, daß Frischs politische Äußerungen der Deutlichkeit entbehren. *Zurück zum Kalten Krieg?* nannte er seinen Kommentar zum Einmarsch der Sowjettruppen in die Tschechoslowakei 1968. Gegen die Machthaber im Osten gewandt schrieb er: *Die sowjetischen Truppen verteidigen nicht, wie vorgegeben wird, den Sozialismus gegen Konterrevolution; sie verteidigen lediglich das heutige sowjetische Establishment, das Furcht hat vor einer Evolution des Sozialismus... Der tschechoslowakische Versuch ist nicht gescheitert, aber unterdrückt.* Und in einer *Rede nach der Besetzung der Tschechoslowakei* fügte er kurz darauf hinzu: *Unsere Kritik an der Sowjetunion, eine Kritik ohne Schadenfreude, kann einen Sinn nicht haben: daß sie die Kritik am Westen, unsere Selbstkritik, annulliert.* Er resümierte mit einer Art Standortbestimmung: *Die Ereignisse in diesem Sommer sind ein gefährlicher Rückschlag, den wir zur Kenntnis zu nehmen haben. Aber die Hoffnung kann ich deswegen nicht auswechseln; ich habe nämlich nur eine: daß das Versprechen, das dort Sozialismus heißt, und das Versprechen, das hier Demokratie heißt, zu verwirklichen sind durch ihre Vereinigung.*[216]

Für die Ausbildung seiner politischen Überzeugungen sind vier Ereignisse im Leben von Max Frisch bestimmend gewesen: erstens die Begegnung mit seiner jüdischen Freundin in den dreißiger Jahren (das machte ihn zum *Anti-Nazi*); zweitens der Kontakt mit deutschen Emigranten am Zürcher Schauspielhaus während des Krieges; drittens der Dialog mit Brecht (*Er hat mich nicht ideologisieren können, aber mir politische Verhältnisse deutlich gemacht; ich war für ihn ein maßlos untrainierter Sozialist*); viertens die Erfahrung im Architekten-Beruf. Die Problematik des Eigentums an Grund und Boden wurde ihm deutlich (*Bodenbesitz: ein atavistisches Gefühl*[217]). Er sah, daß Städtebau etwas mit Politik zu tun hat. Aus der Praxis ergaben sich zwanglos Einsichten. Besonders in den fünfziger Jahren hat sich Frisch – auch noch nach Aufgabe des Architekturbüros – oft zu Fragen des Städtebaus geäußert. In seinem 1955 preisgekrönten Funkgespräch *Der Laie und die Architektur* werden einem Architekten Vorhaltungen gemacht: *Man kann keine Städte bauen, ohne zu wissen, welche Art von Gesellschaft darin wohnen soll. Man baut immer für eine Gesellschaft, die es gibt oder geben soll. Und diese Entscheidungen zu fällen, ist nicht die Sache unsrer Architekten, sondern die Sache aller Bürger. Ihr könnt nicht planen, ohne ein Ziel zu haben, das euch von einem Fürsten oder von einem Volk gegeben wird. Ich frage: Habt Ihr dieses Ziel bekommen? Und von wem?*[218] Frischs Überzeugung: ein solches Ziel existiert nicht mehr. Und er kam – bei anderer Gelegenheit – zu der Feststellung: *Kurzum, wir leben in Städten, die in vorbildlicherweise den Bedürfnissen einer Epoche entsprechen, die nie wiederkehren wird.*[219] Damit war vor allem, aber nicht nur, die Schweiz gemeint.

Die Kritik, die Frisch über Jahrzehnte hin immer wieder an seiner Heimat wie an Ereignissen in Ost und West geäußert hat, ist nicht ohne Resonanz geblieben. Politiker, Journalisten und Leserbriefschreiber haben ihn geschmäht und beschuldigt, gegen die guten Sitten zu verstoßen, das eigene Nest zu beschmutzen. Sein öffentliches Engagement hat ihm aber auch Zuspruch und Beifall eingetragen. 1976 erhielt er – nach vielen Literaturpreisen – den Friedenspreis des Deutschen Buchhandels. Wieder galt es, eine Rede zu halten. Dem befreundeten Kollegen Uwe Johnson vertraute er zuvor in einem Brief an: *Die Rede, die in der Paulskirche zu halten ist, sollte eine nützliche sein; eine halbe Stunde, aber sie fordert, daß ich mir über den Stand meiner politischen Erwartungen klar werde, also*

September 1976: Vor der Frankfurter Paulskirche nach der Entgegennahme des Friedenspreises des Deutschen Buchhandels

vor mir selber antrete. Darin liegt wohl der einzige Sinn einer solchen Verleihung, und diesen Sinn muß ich ihr selber geben.[220] Die Ehrung als Herausforderung: wo stehe ich heute, welche von meinen Überzeugungen haben Bestand?

Frisch stellte sich mit einem Bekenntnis: *Sicher in der Verneinung jeder Art von Diktatur, sowohl einer sogenannten Diktatur des Proletariats als*

Uwe Johnson

auch einer Diktatur der Besitzenden, die sich freilich nie so nennen wird, bin ich Demokrat, als Demokrat nicht euphorisch. [...] *Der Grund, warum ich als Demokrat nicht euphorisch bin, ist dieser: die parlamentarisch-demokratische Apparatur, eingespielt auf Kompromiß in Permanenz, erzieht nicht nur zur Toleranz, was ja eine humane Qualität wäre über den staatsbürgerlichen Bezirk hinaus, mehr noch erzieht sie zur Resignation, zur Preisgabe jeder Utopie.*[221]

Die Demokratie ist für ihn – wie der Sozialismus – ein Versprechen: unerfüllt bis heute. So konnte er im November 1977, geladen als Gastredner zum SPD-Parteitag in Hamburg, den Delegierten erklären: *Demokratie (gesetzt den Fall, man wolle sie nicht nur retten, sondern man wolle sie herstellen, das aber bedeutet: mehr Demokratie) wäre ein Ziel über die eigene Konsumperson hinaus. Wiederherstellung von Politik: daß Politik mehr sei als die Fortsetzung des Geschäfts mit anderen Mitteln. Politik als Entwurf (sagen wir schlicht:) eines Zusammenlebens der Menschen, das Menschwerdung fördert und, im Gegensatz zur Profit-Schlacht aller gegen alle, Lebenswerte stiftet.*

Der Schriftsteller als mahnender Begleiter der Politiker, das ist seine Rolle. Sein Aufruf: über aller Pragmatik, die das Tagesgeschäft erfordert, nicht die offenen Fragen aus den Augen zu verlieren. Er, der Spezialist des Nachfragens, kann den Fachleuten der Politik nützlich sein, indem er sie zum Innehalten verführt. Eine Narrenrolle? Er überschätzt seine Chancen gewiß nicht, doch er will seine Möglichkeiten nutzen. *Ich kann*

Rede auf dem SPD-Parteitag in Hamburg

Gäste bei den Sozialdemokraten: Günter Grass und Max Frisch

mir nicht denken, so schrieb er den deutschen Sozialdemokraten ins Stammbuch, *daß Politik ohne die lästige Assistenz der Intellektuellen eine geschichtliche Chance hat.*[222]

Und die Literatur? Wo steht sie für den politischen Bürger Frisch in diesem Zusammenhang? Schon früh hat er mit Nachdruck seine Position klargelegt: Sie sollte sich in die öffentliche Debatte nicht einspannen lassen – nur so ist sie wirksam, und das auch in politischer Hinsicht. Bei der Entgegennahme des Georg-Büchner-Preises stellte Frisch 1958 fest: *Wir können das Arsenal der Waffen nicht aus der Welt schreiben, aber wir können das Arsenal der Phrasen, die man hüben und drüben zur Kriegführung braucht, durcheinanderbringen, je klarer wir als Schriftsteller werden, je konkreter nämlich, je absichtsloser in jener bedingungslosen Aufrichtigkeit gegenüber dem Lebendigen, die aus dem Talent erst den Künstler macht. Alles Lebendige hat es in sich, Widerspruch zu sein, es zersetzt die Ideologie, und wir brauchen uns infolgedessen nicht zu schämen, wenn man uns vorwirft, unsere Schriftstellerei sei zersetzend. Wir brauchen's nicht an die große Glocke zu hängen; aber das ist ja unser Engagement!*[223] Und sechs Jahre später bekräftigte er diesen Gedanken mit der Formulierung: *Gäbe es die Literatur nicht, liefe die Welt vielleicht nicht anders, aber sie würde anders gesehen, nämlich so wie die jeweiligen Nutznießer sie gesehen haben möchten: nicht in Frage gestellt.*[224]

Heimat Schweiz

Schon Ende der vierziger Jahre drängte Brecht ihn, er solle als Schweizer endlich ein Tell-Stück schreiben: *Zu zeigen wäre, daß der Bauernaufstand der Vierwaldstätte zwar erfolgreich war, aber reaktionär gegenüber der Habsburg-Utopie, eine Verschwörung von Querköpfen.*[225] Frisch hat dieses Stück nicht geschrieben, und er fragte sich viele Jahre später: *Ist unser Land für seine Schriftsteller kein Gegenstand mehr? Und wenn es so sein sollte: Warum? Was heißt das in bezug auf das Land? Literatur ist eine Wünschelrute: wo sie nicht in Bewegung gerät, da ist keine Quelle. Ist das die Antwort? Ich weiß nicht.*[226]

Fast ein Vierteljahrhundert nach Brechts Vorschlag hat Frisch die Idee doch noch aufgegriffen: mit dem Prosaband *Wilhelm Tell für die Schule*, 1971 erschienen. Ein Landesmythos wird gegen den Strich erzählt, hineinmontiert sind Zitate und Anmerkungen. Ursprünglich sollte der Text als Teil des zweiten Tagebuchs erscheinen, doch Frisch veröffentlichte ihn dann als eigenen Band: aus Umfangsgründen und wohl auch, um dem Titel Genüge zu tun. Zwei Jahre danach rechnete er literarisch mit einem anderen eidgenössischen Mythos ab, jenem von der Schweizer Unanfälligkeit gegen den Faschismus. Im *Dienstbüchlein* (ein vertrackt-harmloser Titel) trägt Frisch seine Erinnerungen an die Zeit bei der Armee zu-

Auch hier hat er einmal gewohnt : Küsnacht am Zürcher See

sammen. Mit dem Blick des politisch Scharfsinnigen schaut er hinter die Kulissen – nicht zuletzt die eigenen, denn er hat diese Ereignisse und Erfahrungen schon einmal beschrieben (in *Blätter aus dem Brotsack*, 1940). Das Buch, 1973 geschrieben, 1974 erschienen, ist auch eine bestechende Selbstrevision: seltener Fall in der Literatur. *Unser Wehrwillen gründete sich auf der Hoffnung, daß schon die Demonstration unseres Wehrwillens den Feind abschrecke. Die Nachricht, daß der Feind es trotzdem wagt, wäre ein schauerlicher Schock gewesen, so vermute ich, ein Erwachen noch vor den ersten schweren Verlusten. Wir waren beim Militär, aber nicht gefaßt auf Krieg.*[227]

Die beiden Bücher aus den siebziger Jahren sind eine geduldige, nachdenkliche und durchaus auch bissige Auseinandersetzung mit dem Land, in dem Frisch geboren wurde und den weitaus größten Teil seines Lebens zugebracht hat. Sie stellten Fragen an das allzu glatte Selbst- und Geschichtsbild seiner Landsleute. Zugleich erweisen sich die essayistisch-erzählerischen Texte als Schulbeispiele für die Verbindung von literarischem und politischem Diskurs. Sie sind nicht nur für Schweizer lehrreich und lassen den erhobenen Zeigefinger der anderen Leser schnell wieder sinken. *Die Tendenz der mündlichen Überlieferung, das eigene Kollektiv zu rechtfertigen, ist natürlich.*[228] Dieser – gewiß nicht entschuldigend gemeinte – Satz aus dem *Wilhelm Tell für die Schule* hat auch anderswo Gültigkeit.

Für den Schriftsteller Frisch ist die Schweiz stets ein Gegenstand der Beschäftigung gewesen: Schon im *Tagebuch 1946–1949* und im *Stiller* finden sich ausführliche Aussagen über Land und Leute. 1947 beklagte er die *fast krankhafte Empfindlichkeit* der Schweizer, sich selbst eingeschlossen: *Irgendwie fehlt uns das natürliche Selbstvertrauen.*[229] Dreizehn Jahre später bedauerte er als Schweizer, *daß wir keinen Entwurf von uns selber... haben*[230]. An deutlichen Worten hat Frisch es in Ansprachen und Festreden nicht fehlen lassen, bis hin zu der schon fast klassischen Antwort auf die Formel von der «Überfremdung»: *Ein kleines Herrenvolk sieht sich in Gefahr: man hat Arbeitskräfte gerufen, und es kommen Menschen.*[231] Zu so andauernder und ernsthafter Auseinandersetzung ist nur fähig, wer eine Sache wichtig nimmt. Liebt Frisch die Schweiz? Er fragte es sich selbst, als er 1974 in Zürich den Schiller-Preis entgegennahm:

Und wie verhält es sich mit Heimat-Liebe? Hat man eine Heimat nur, wenn man sie liebt? Ich frage. Und wenn sie uns nicht liebt, hat man dann keine Heimat? Was muß ich tun, um eine Heimat zu haben, und was vor allem muß ich unterlassen? Sie scheint empfindlich zu sein; sie mag es nicht, die Heimat, wenn man den Leuten, die am meisten Heimat besitzen in Hektaren oder im Tresor, gelegentlich auf die Finger schaut, oder wer sonst, wenn nicht diese Leute und ihre honorierten Wortführer, hätten das schlichte Recht, uns Heimatliebe abzusprechen?

Lassen sich eine komplizierte Bindung und ihre Ambivalenzen besser ausdrücken? Die Rede, in der Frisch auf mannigfaltige Weise seinem Begriff von Heimat nachspürt, enthält auch einen wichtigen Hinweis auf die Sprache: *Unsere Mundart gehört zu meiner Heimat.*[232] Schon vor Jahrzehnten war ihm die Bedeutung des Wechselspiels von Mundart und Schriftsprache deutlich geworden. Man könne auf Schweizerdeutsch *bloß Alltagszeug* sagen, notierte er 1934: *Wenn man aber ans Unendliche streifte, wurde es gleich komisch, und während man auf Hochdeutsch eher den Mund vollnehmen konnte, so merkte man es in der Mundart sogleich, ob etwas dahinter steckte.*[233] 35 Jahre später hielt er in seinem *Tagebuch 1966–1971* fest: *Mundart zu sprechen ist bequemer. Fühle ich mich dabei wohler? Nach einem Gespräch in der Schriftsprache erinnere ich mich genauer, wie ich formuliert habe; im allgemeinen sprechen wir Mundart unbewußter, fühlen uns sicherer und unverkrampft.*[234]

Der Widerstand, den das Hochdeutsche, die *Halbfremdsprache*[235], dem Schriftsteller bietet, ist eine Chance. Frisch hat das auch stets so gesehen und die Spannung zwischen Mundart und Schriftsprache für fruchtbar gehalten. So schrieb er 1955 einem Sprachwissenschaftler, der sich für diese Fragen interessierte: *Was immer man zur Schweizer Literatur sagen mag, sie hat verhältnismäßig viele Sprachmeister (Keller, Meyer,*

Spitteler usw.), eben weil wir Mühe haben mit der deutschen Sprache; wir müssen Könner werden.[236] Und in seiner Rede *Die Schweiz als Heimat* betonte Frisch noch einmal, daß er als Schriftsteller, angewiesen auf die Schriftsprache, für die Mundart dankbar sei: *Sie hält das Bewußtsein in uns wach, daß Sprache, wenn wir schreiben, immer ein Kunst-Material ist.*[237]

Am 26. November 1989 wurde abgestimmt. Das Volk der Schweiz entschied darüber, ob es noch länger eine Armee haben wollte. Max Frisch griff die Frage der Volksabstimmung literarisch auf: *Schweiz ohne Armee?* lautet der Titel des kleinen Bandes, der im Sommer 1989 gleichzeitig in den vier Schweizer Landessprachen erschien und den Schweizer Buchhändlern aus den Händen gerissen wurde (die erste Auflage war innerhalb von wenigen Tagen vergriffen). Sieben Jahre hatte Frisch kein Buch mehr veröffentlicht und des öfteren sogar davon gesprochen, das Schreiben ganz aufgeben zu wollen. Und nun also dieses *Palaver*, binnen kurzer Zeit, in den Monaten Februar und März, entstanden. Warum meldete er sich zu Wort? In Hinblick auf die Abstimmung? Um Einfluß zu nehmen? Vielleicht auch das. Doch wird man von Frisch keinen plakativen Aufruf zur Abschaffung der Armee, auch nicht der Schweizer, erwarten. Das Fragezeichen im Titel: es ist eine Art Markenzeichen dieses Autors, sein wesentliches Überzeugungs- und Erkenntnisinstrument. Fertige Antworten hat er niemals zu bieten. Auch der Untertitel *Palaver* ist ernst gemeint: Kein Traktat bitte, kein philosophisch-politischer Dialog, sondern eben ein Gespräch.

Ein junger Mann, knapp zwanzig Jahre alt, und sein Großvater, Ende Siebzig. Man sitzt am Kamin, trinkt Wein. Eigentlich wollte Jonas längst gegangen sein, aber dann stellt er dem Alten, der sich ironisch als *Veteran* bezeichnet, doch noch die eine oder andere Frage. Zum Beispiel: Ob der Großvater niemals an Dienstverweigerung gedacht habe? Hat er nicht. Und dann die eine: *Wie wirst du denn stimmen, Großvater?* Er werde nicht zur Urne gehen, sagt der Alte, er wolle nicht wieder zur *verschwindenden Minderheit* gehören. Erstaunen bei Jonas: Es gehe doch um mehr bei dieser Abstimmung, um Friedenspolitik überhaupt. *Friedenspolitik?* fragt der Alte zurück: *Eine schweizerische?* Ja, so wieder der Junge, glaube er denn, jemand wolle hier den Krieg? *Krieg hier, nein*, sagt der Großvater. Also Krieg anderswo? *Nein, aber Profit wo und wie immer.*[238]

Schweiz ohne Armee? Das kann sich der alte Mann am Kamin, hinter dem sich Frisch zu erkennen gibt, dennoch nicht vorstellen. *Warum soll ausgerechnet die Schweiz keine Armee haben? Sie kostet Milliarden und Milliarden, aber das können wir uns leisten.* Sie lasse sich nicht abschaffen, sagt er, sie sei eine Art Brauchtum. *Eine Schweizerische Bundesbahn, wie zuverlässig auch immer, und die gemeinsamen Briefmarken in allen Landesteilen, das macht ja noch nicht die Nation.*[239] Das klingt nach Spott,

Max Frisch

Kanonier 1939 — 1945

— Ohne Helm und ohne Tarnanzug, Jonas, wie machen wir eine Nation, Hand aufs Herz, aus einem internationalen Finanzplatz, der langsam zum Himmel stinkt, Hand aufs Herz, oder meinst du vielleicht, Umweltschutz würde genügen, und wo lernst du Heimatliebe, Jonas, wenn nicht von hohen Offizieren?

— Im Ernst, Jonas: die Armee abschaffen, das würde bedeuten, daß eine andere Schweiz entsteht, stell dir vor, eine lebendige und künftige Schweiz, das ist es ja, wovor sie Angst haben. Und um das zu verhindern —
— brauchen sie die Armee.
— So ist es, Jonas.

— Wie wirst du denn stimmen, Großvater?

JA

Plakataktion von Max Frisch, unmittelbar vor der Volksabstimmung zur Frage: «Schweiz ohne Armee?»

nach Resignation – und doch läßt sich dieses *Palaver* darauf nicht festlegen. Es ist die Kunst von Frisch, diesen kleinen Dialog wie absichtslos in der Schwebe zu halten. Pausen und Abschweifungen sind beredter als das, was die beiden miteinander sprechen, und kleine Nuancen, winzige Verschiebungen sagen mehr als alle Argumente. Ist das *unsere Armee*, wie es zunächst immer heißt? Dann ist plötzlich nur noch von *ihrer Armee* die Rede, gemeint ist: die *Armee der schweizerischen Finanz und ihrer Offiziersgesellschaft*. Im Anmerkungsteil, einem kleinen Glossar, wird nüchtern nachgetragen, wann es zum *Armee-Einsatz im Innern* gekommen ist, zu Schüssen auf demonstrierende Arbeiter, zu Toten – *die innenpolitische Schußrichtung dieser Schweizer Armee ist eindeutig*[240]. Das werden manche nicht gern lesen, nicht nur in der Schweiz.

Eine Frage, die wiederum speziell die Schweizer Armee und ihre *Legende* betrifft, hat Frisch schon früher beschäftigt: Hätte diese Armee tatsächlich gegen Hitler gekämpft? Hat wenigstens ihre Existenz dazu beigetragen, daß die Schweiz verschont blieb? In den Aufzeichnungen *Blätter aus dem Brotsack* hatte der junge Wehrmann dazu noch wenig zu sagen; im *Dienstbüchlein* wurde er deutlicher. Und der Alte am Kamin: *Ohne unsere Wacht am Mutschellen, mag sein, da wäre die deutsche Wehrmacht einfach durchgefahren*. Aber vielleicht, fügt er rasch hinzu, habe Hitler auch das bedacht: *Unsere Industrie, einmal in deutscher Hand, wäre bombardiert worden wie das Ruhrgebiet, nicht nur Oerlikon, die schweizerische Industrie überhaupt hat zuverlässiger liefern können, wenn er die schweizerische Armee in Ruhe ließ*. Ein Palaver, ja – bis man die feinen Widerhaken entdeckt, bis sich die unaufdringliche Kraft des Fragens entfaltet. Alles ganz bescheiden im Ton: zwei Figuren nur, ein paar Szenenangaben. Als der Junge dann fort ist, setzt sich der Veteran an den Kamin, blättert in seinem *Dienstbüchlein* und wirft es ins Feuer. *Ja, man ist schon ziemlich feig, Jonas...*[241]

Im Monat vor der Volksabstimmung, am 19. und 20. Oktober 1989, wurde das *Palaver*, das aus Dialogen und szenischen Bemerkungen besteht, auch auf die Bühne gebracht: einmal in deutscher, einmal in französischer Sprache. Das Schauspielhaus Zürich produzierte den Text unter dem Titel *Jonas und sein Veteran* zusammen mit dem Lausanner Théâtre de Vidy. Die Inszenierung unter der Regie von Benno Besson fand bei der Theaterkritik zwar nur eine skeptische Aufnahme, doch schlug das Ereignis als Politikum hohe Wellen. Der Text von Frisch, als Buch und auf der Bühne, wurde in der Schweiz von den einen als Ärgernis, von den anderen als willkommene Schützenhilfe begriffen.

Frisch selbst, ein Mann Ende Siebzig, stellte sich wenige Tage vor der Abstimmung, am 20. November, im Basler Theater noch einmal aufs Podium und sprach zum Thema: *Der Friede widerspricht unserer Gesellschaft*. Er bekannte, die Initiative nicht unterzeichnet zu haben, weil er sie als *kontraproduktiv* eingeschätzt habe. Doch nun müsse er den Initiatoren der *Armeeabstimmung* recht geben: *Was seit meinem Fahneneid (1939) nie der Fall gewesen ist und fast undenkbar: Die Armee ist in die öffentliche Diskussion gekommen.* Das sei ein politischer Erfolg, *wie immer das Ergebnis am kommenden Sonntag ausfallen mag – zahlenmäßig: ob es 11 Prozent oder 33 Prozent oder 22 Prozent von Spinnern in ihrem Vaterland gibt*[242]. Frisch redete nicht nur, er tat noch ein Übriges: Er startete unmittelbar vor der Abstimmung eine kleine private Plakataktion, in der der *Veteran* dem Enkel eindeutige Auskunft gibt: Er, der Großvater, sei für die Abschaffung der Armee. Ganz hat es dann nicht geklappt, doch war das Ergebnis für die Armeegegner überzeugender als selbst die optimistischste Schätzung von Frisch: immerhin 35,6 Prozent der abstimmenden Schweizer waren (bei einer hohen Beteiligung von 68,5 Prozent) für eine Schweiz ohne Armee.

Die Rede Frischs ist nachzulesen in dem 1990 erschienenen umfangreichen Band *Schweiz als Heimat?*, der *Versuche über 50 Jahre* sammelt. Es ist schon erstaunlich und in diesem Buch eindrucksvoll belegt, wie beharrlich Frisch immer wieder auf das Thema Schweiz zurückgekommen ist, wie beherrschend es für ihn bis heute geblieben ist. Ob als Soldat (*Blätter aus dem Brotsack*, 1939/40), als ehemaliger Architekt (*achtung: Die Schweiz*, 1955), als Kommentator der Zürcher Jugendunruhen (*Die große Devotion*, 1968), als zorniger Ankläger (*Offener Brief an den Schweizerischen Bundesrat*, 1974) oder als skeptischer, mit der Resignation kämpfender Zeitgenosse (*Am Ende der Aufklärung steht das Goldene Kalb*, 1986): Frisch leidet an der Unbeweglichkeit und Selbstgefälligkeit einer prosperierenden Gesellschaft – oder mit dem Titel eines Aufsatzes aus dem Jahre 1960 gesagt: *Die Schweiz ist ein Land ohne Utopie.*

Theorie: nachträglich

Theoretische Erwägungen zur Schriftstellerei haben die literarische Arbeit Frischs fast von Anfang an begleitet. Eine zusammenhängende Literatur- oder Theatertheorie – etwa im Sinne Brechts – existiert hingegen nicht. Die Beobachtungen, die sich bei Frisch immer aus der Schreibpraxis ergeben haben, ergänzen sich gleichwohl zu einem Bild. Die Erkenntnis des Kanoniers in seinem 1939 geschriebenen Soldaten-Tagebuch, daß man sich nur deswegen an die *Ereignisse, mitunter noch an die kleinsten*, halte, weil man das *Andere*, das *Eigentliche*, nicht erfassen könne[243], korrespondiert mit dem Tagebuch-Eintrag von 1946: *Was wichtig ist: das Unsagbare, das Weiße zwischen den Worten, und immer reden diese Worte von den Nebensachen, die wir eigentlich nicht meinen.*[244]

Diese Überlegungen führten bald zu einer grundsätzlichen Einsicht in das Prinzip der Fiktion: *Jedes Erlebnis bleibt im Grunde unsäglich, solange wir hoffen, es ausdrücken zu können mit dem wirklichen Beispiel,*

Im Gespräch mit Herbert Marcuse während einer Tagung in Salecina (Engadin)

das uns betroffen hat. Ausdrücken kann ich nur das Beispiel, das mir so ferne ist wie dem Zuhörer: nämlich das erfundene. Vermitteln kann wesentlich nur das Erdichtete, das Verwandelte, das Umgestaltete, das Gestaltete.[245] Von dieser Beobachtung aus dem Jahre 1949 war es nicht weit zu Stillers Stoßseufzer, man könne alles erzählen, *nur nicht sein wirkliches Leben*[246]. Daß die theoretische Erörterung Eingang in das literarische Werk findet, ist bei Frisch keine Seltenheit. Besonders deutlich zeigt sich diese Vermengung von Literatur und Reflexion im *Gantenbein*-Roman.

Jetzt komme ich um ein Geständnis nicht herum, schrieb Frisch (1969 an Walter Höllerer): *daß ich meine Arbeit nie durch Theorie habe programmieren können. Daher ist es (in meinem Fall) immer verfänglich, wenn ich so tue, als gehe der Kunst-Verstand voraus, damit ich ihm dann folge.*[247] Bei anderer Gelegenheit – im *Gantenbein*-Kommentar – hatte er schon vorher resümiert: *Theorie ist bei mir immer nachträglich.*[248] Frisch liebt es nicht, als der gelehrte Dichter zu erscheinen, der schreibend einem vorher ersonnenen Konzept folgt: Er folgt vielmehr als Theoretiker beobachtend der eigenen Praxis; er will erst versuchen, dann registrieren. Ausprobieren ist sein Motto: sehen, wo etwas hinläuft. So kann es kommen, daß Frisch manche Phänomene der eigenen Schreibpraxis erst viel später theoretisch aufgreift. Seit *Bin oder Die Reise nach Peking* (1945) spielt die Ich-Erzählung in seiner Prosa eine bedeutsame Rolle. In seinem *Tagebuch 1966–1971* findet sich ein Eintrag aus dem Jahre 1970: *Vom Schreiben in Ich-Form.* Auch dies ist freilich kein umfassendes Fazit, sondern eine mosaikartige Sammlung von Gedanken. Ein Abschnitt lautet:

Unterschied zwischen dem erzählerischen ICH und dem direkten ICH eines Tagebuchs: das letztere ist weniger nachzuvollziehen, gerade weil es zu vieles verschweigt von seinen Voraussetzungen, dadurch eine Zumutung: – keine Figur: nämlich zu einer Figur gehört auch, was sie verhehlt, was sie selber im Augenblick nicht interessiert, was ihr nicht bewußt ist usw.[249]

Ebenfalls in sein *Tagebuch 1966–1971* hat Max Frisch eine als *Interview-Antwort* deklarierte Stellungnahme zu der Frage aufgenommen, was überhaupt von Literatur zu erwarten sei. Zuständigkeit der Literatur? Er antwortet: *Die Erkenntnis-Vorstöße unseres Jahrhunderts verdanken wir nicht der Literatur. Wer von der Literatur erwartet, daß sie das Weltbild bestimme, wird also von einem gewissen Minderwertigkeitskomplex nicht verschont bleiben. Zwar spiegelt die Literatur, die ihren Namen*

Juli 1975: 90. Geburtstag von Ernst Bloch

verdient, die Verwandlungen unseres Bewußtseins, aber sie spiegelt sie nur; die Anstöße zur Verwandlung des Weltbildes kommen anderswoher. Domäne der Literatur? Frisch antwortet: *Fast wage ich zu sagen: das Private. Was die Soziologie nicht erfaßt, was die Biologie nicht erfaßt: das Einzelwesen, das Ich, nicht mein Ich, aber ein Ich: die Person, die diese Welt erfährt als Ich, die stirbt als Ich, die Person in allen ihren biologischen und gesellschaftlichen Bedingtheiten – das ist es, was mir darstellenswert erscheint: die Person, die in der Statistik enthalten ist, aber darin nicht zur Sprache kommt und im Hinblick aufs Ganze irrelevant ist, aber zu leben hat mit dem Bewußtsein, daß sie irrelevant ist. Domäne der Literatur: alles was Menschen erleben, Geschlecht, Technik, Politik, aber im Gegensatz zur Wissenschaft bezogen auf das Wesen, das erlebt.*[250]

Frisch ist für Dogmen niemals anfällig gewesen. Ob eine literarische Form geeigneter sei als eine andere, hat sich bei ihm stets aus der Praxis ergeben, nicht aus einer theoretischen Vorentscheidung. Er ist überhaupt im eigentlichen Sinne kein Theoretiker; seine Reflexionen sind – wie die Literatur, die er macht – am Beispiel ausgerichtet: anschaulich, fragend, Verallgemeinerungen und voreilige Schlüsse meidend. Nicht zufällig heißt der letzte Satz in seinem *Dienstbüchlein: So war das, glaube ich.*[251] Und merkwürdig: gerade er, der so zurückhaltend auftritt, wirkt glaubwürdig und kann überzeugen.

Weltenbummler und Privatmann

Man bleibe überall zu lange, hat er einmal notiert.[252] Max Frisch ist schon als junger Mann ein Reisender gewesen. Als sei er einem Bildungsroman des 18. oder 19. Jahrhunderts entsprungen, machte er sich – finanziell ungesichert – auf, um etwas von der Welt zu sehen. Dieses Fieber ist über Jahrzehnte hin nicht erloschen. Die Weltläufigkeit, die seinen Romanen gelegentlich als mondän verübelt wurde, ist nicht angelesen, sondern erschaut: Frisch kennt die Plätze, die er beschreibt. Die Städteporträts (etwa das von New York im *Stiller*) und Landschaftsschilderungen gehören zu den Höhepunkten seiner literarischen Arbeit. Wichtiger aber noch als solch konkreter Niederschlag der Nestflucht ist wohl der Gewinn einer neuen Perspektive auf die eigenen Beengtheiten, die des Schweizers und Europäers, ein Gewinn, der sich bis in die Erzählhaltung hinein bemerkbar macht. Daß die Welt sich für die Literatur von Frisch interessiert, hat auch damit zu tun, daß Frisch sich von Anfang an für die Welt interessierte.

Es gibt eine Reihe von Reiseberichten, die, zunächst in Zeitschriften gedruckt, durch die *Gesammelten Werke* wieder zugänglich geworden sind. In den fünfziger Jahren wurden vor allem Spanien, Mexiko und die Vereinigten Staaten eindringlich, mit der aus dem ersten Tagebuch bekannten Prägnanz geschildert. In Spanien (*Spanien – Im ersten Eindruck*[253]) war Frisch 1950, im Jahr darauf in Mexiko (*Orchideen und Aasgeier. Ein Reisealbum aus Mexiko*[254]) – zur Zeit seines Amerika-Stipendiums (*Begegnung mit Negern. Eindrücke aus Amerika*[255]). Besuche auf Kuba (1956) und Griechenland (1957) fanden ihren Niederschlag im Roman *Homo faber*. Über eine Reise in die arabischen Staaten (ebenfalls 1957) gibt es keine Aufzeichnungen.

Anfang der sechziger Jahre zog es Frisch ganz aus der Schweiz fort. Von 1960 bis 1965 wohnte er in Rom. Er lebte dort zunächst mit Ingeborg Bachmann zusammen, bis er 1962 Marianne Oellers kennenlernte, die später seine zweite Frau wurde. Über diese beiden Liebesbeziehungen hat Frisch sich viele Jahre danach (in der autobiographischen Erzählung *Montauk*) offen und doch zurückhaltend geäußert.

Die Bindung an Ingeborg Bachmann währte vier Jahre, von 1958 bis 1962. Es begann damit, daß Frisch der Dichterin ein paar Worte zu ihrem

Auszug aus der Wohnung in Küsnacht, einer von vielen Ortswechseln

Ingeborg Bachmann in der gemeinsamen römischen Wohnung, fotografiert von Max Frisch

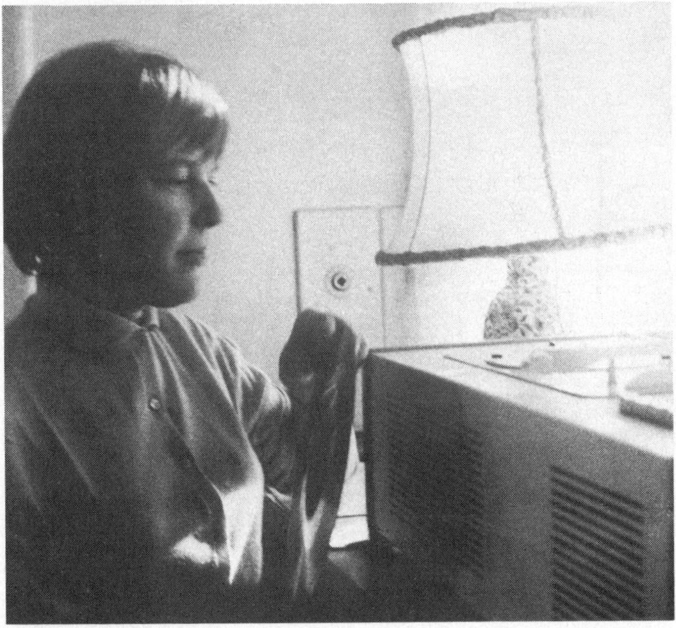

Hörspiel «Der gute Gott von Manhattan» sandte. Es sei wichtig, daß die andere Seite, die Frau, sich ausdrücke, schrieb er ihr.[256] Man traf sich bald darauf in Paris, wo Ingeborg Bachmann eine Frisch-Premiere (die erste in Frankreich) anschauen wollte. Frisch überredete sie, lieber mit ihm Essen zu gehen. In Zürich zogen sie zusammen, trennten sich, zogen wieder zusammen, bis Frisch schwer krank wurde. Im Frühjahr 1959 lag er im Krankenhaus und schrieb ein Tagebuch. Ingeborg Bachmann fand es und teilte ihm später mit, sie habe es verbrannt. Frisch, gefragt, ob das ein großer Verlust sei: *Ich trauer dem nicht nach. Ich hätte es vielleicht auch vernichtet. Das war ein Tagebuch, das sich nur um die Beziehung drehte. Etwas anderes ist die Frage, ob sie das Recht dazu hatte.*[257]

Eine Szene in Warschau 1966: Frisch beschreibt sie im zweiten Tagebuch

Ingeborg Bachmann

Im Sommer 1959 machte Frisch ihr von Siena aus einen Heiratsantrag, ein halbes Jahr nach der Scheidung von seiner ersten Frau. Sie heirateten nicht, zogen aber – in Rom – erneut zusammen. *Ihre Freiheit gehört zu ihrem Glanz. Die Eifersucht ist der Preis von meiner Seite; ich bezahle ihn voll.*[258] Im fünften Jahr war seine Hörigkeit *aufgebraucht*[259], er verließ sie, reiste ohne sie nach Amerika. *Das Ende haben wir nicht gut bestanden, beide nicht.*[260]

Die Frau, mit der Frisch dann gut ein Jahrzehnt zusammen lebte, ist fast dreißig Jahre jünger als er. Als er sie Anfang der sechziger Jahre kennenlernte, war Marianne Oellers, Jahrgang 1939, noch Studentin. Sie kam zu

Marianne Frisch

ihm nach Rom. 1964 kaufte Frisch ein eigenes Haus: ein altes Bauernhaus in der Schweiz, in Berzona. Der Umbau zog sich lange hin. Ein Jahr später erst konnten sie Rom endgültig verlassen, zuvor fuhren sie gemeinsam nach Israel, wo Frisch einen Preis entgegennahm. Sie reisten viel; 1966 war Frisch erstmals in der Sowjet-Union und wieder in Polen, 1967 in der Tschechoslowakei, 1968 zum zweitenmal in der Sowjet-Union. Orte, die Frisch zusammen mit seiner Gefährtin besuchte: Prag, Warschau, Avignon, Paris, Leningrad, Odessa, Venedig, London, Jerusalem, Manhattan (so in seiner Aufzählung).[261] Vieles davon ist im zweiten Tagebuch zu finden; besonders über die Reisen in den Ostblock (auch über eine

Japan-Reise, die 1969 unternommen wurde) gibt Frisch in bewährter Weise Auskunft. Manches sah er nach vielen Jahren wieder: etwa Warschau, über dessen Wiederaufbau er schon im ersten Tagebuch geschrieben hatte.

Wo 1948 nur Trümmer und Schutt zu sehen waren – ich erinnere mich an Wiska, die uns damals führte, und an unsere Auseinandersetzung, ob es denn sinnvoll sei, die historischen Fassaden wieder herzustellen; heute gebe ich ihr recht: auch die Attrappe setzt Patina an. Ich sitze auf dem öffentlichen Platz in einem Biedermeier-Fauteuil, nämlich es werden hier gerade Möbel verladen, und das junge Foto-Mädchen hat mich in diesen Fauteuil gesetzt; sie hat recht: 20 Jahre seit meinem letzten Besuch – man kommt sich schon historisch vor.[262]

Im Dezember 1968 heirateten Max Frisch und Marianne Oellers in Berzona. Sie lebten in den folgenden Jahren abwechselnd im Tessin, in New York und in Berlin. *Genau die Art von Wohnung, die wir in Zürich vergeblich gesucht haben: einfach, aber mit hohen Zimmern. So sind wir denn in Berlin. Die Begründungen dafür ergeben sich: Leben mit der Mauer, ein paar Freunde auch drüben, der eine und andere beschämt mich durch Tap-*

Das Haus in Berzona

ferkeit, eine lange Tapferkeit.[263] Auch die gemeinsamen Reisen – immer wieder Amerika: 1971 fast ein halbes Jahr – konnten nicht verhindern, daß sich das Paar auseinanderlebte. Im Sommer 1973 vereinbarten sie zunächst die räumliche Trennung. Es dauerte noch sechs Jahre, bis sie sich 1979 im Tessin scheiden ließen. In dieser Zeit schrieb Frisch sein unveröffentlichtes *Berliner Journal*, ein Tagebuch von Zeit zu Zeit. Es liegt versiegelt im Zürcher Max-Frisch-Archiv und wird noch zwanzig Jahre über Frischs Tod hinaus gesperrt sein. Nach eigener Auskunft enthält es neben Notizen zur Krise seiner Ehe auch Anmerkungen zu Begegnungen mit Kollegen (Günter Grass, Uwe Johnson) und vom Besuch auf der Leipziger Buchmesse, dies alles nicht in Skizzenform, sondern überarbeitet und *ins Reine geschrieben*[264].

In die Zeit der Krise fiel auch die erste Begegnung mit der Amerikanerin Alice Locke-Carey, 1943 geboren. Sie trafen sich 1974, als der amerikanische Verlag seinen Schweizer Autor zu einer Tournee eingeladen hatte. Die junge Frau sollte ihn begleiten und unterstützen. Das Wochenende, das beide am 11. und 12. Mai in Montauk, einem kleinen Küstenort auf der Spitze von Long Island, gemeinsam verbrachten, hat er später in der Erzählung *Montauk* beschrieben (darin heißt die Begleiterin Lynn). Erst im Mai 1980 trafen sie sich wieder, von einer kurzen Begegnung zwischendurch abgesehen. Eine Zeitlang lebten sie abwechselnd in Berzona und in New York zusammen, wo Frisch eine Wohnung kaufte (die inzwischen wieder verkauft ist).

Im Mai 1981 feierte er seinen 70. Geburtstag. Aus diesem Anlaß erschien eine Festschrift: «Begegnungen».[265] Nicht die Tatsache, daß so viele prominente Kollegen zu diesem Buch beitrugen, ist erwähnenswert, sondern der Ton, in dem das geschieht. Die meisten Geburtstagsgrüße sind unverhohlene Liebeserklärungen, egal, ob von Jung oder Alt, Mann oder Frau: Liebeserklärungen an das Werk und den Autor. Wohl kaum ein anderer Schriftsteller vermag Anfang der achtziger Jahre so unumwunden Zuneigung zu provozieren, gepaart mit Bewunderung und Respekt vor dem, was er geschrieben hat. Martin Walser in seinem Beitrag: «Zwischen Schriftstellern kommt es gern zu nervösen Beziehungen. Durch eine andauernd wißbegierige, sozusagen transzendentale Gestimmtheit gelingt es Max Frisch offenbar, solche professionellen Beziehungen an Krampfzonen vorbeizusteuern.»[266]

Frisch hat zu vielen Kollegen ein herzliches Verhältnis herstellen können, übrigens auch zu einigen Malern (seinem Freund Gottfried Honegger widmete er ein Theaterstück). Mit manchen Schriftstellern war und ist er eng befreundet. Dürrenmatt teilte in den fünfziger und sechziger Jahren nicht nur mit ihm den Ruhm, über Schweizer Grenzen hinaus bekannt zu sein, sondern beide weihten sich auch gegenseitig in ihre literarischen Projekte ein. In jungen Jahren, als er noch keinen Erfolg vorzuweisen hatte, war Frisch zurückhaltender, zumal älteren Kollegen gegenüber:

Max Frisch und Alice Locke-Carey in New York, 1982

Feier zum 70. Geburtstag im Haus des Verlegers (u. a. mit Uwe Johnson, Adolf Muschg, Jörg Steiner, Peter Weiss, Walter Höllerer, Otto F. Walter, Elisabeth Borchers, Alice Locke-Carey, Siegfried Unseld, Hans Mayer, Karin Struck, Jürgen Becker, Paul Nizon, Jurek Becker, Jürg Laederach, Peter Bichsel und Günter Grass)

Albin Zollinger und Brecht sind die Ausnahmen. Hermann Hesse hat er nur einmal in seinem Leben gesehen, Thomas Mann wich er sogar aus – *für mich kein Anregeautor, sondern ein Respektautor*, so Frisch mündlich.[267] Dabei war Thomas Mann sogar 1953 bei der Premiere des *Don Juan* anwesend, Frisch ließ sich bei ihm nicht blicken. Er wagte auch keinen Besuch: dabei wohnte der andere *ja nur über den See*[268].

Mit jüngeren Kollegen und solchen aus seiner Generation ist Frisch – bisweilen wohl heimliche Vaterfigur – stets besser zurechtgekommen. Dabei hat auch das Gespräch über entstehende Texte eine wichtige Rolle gespielt, bis hin zu regelrechten Lektoratsarbeiten: zu nennen sind vor allem Uwe Johnson, Adolf Muschg und Martin Walser. Mit den meisten

Auf der Leipziger Buchmesse, 1973

Friedrich Dürrenmatt

Christa Wolf

Mit Martin Walser in Zürich, Frühjahr 1979

Schweizer Autoren unterhält Frisch persönliche Beziehungen – von Peter Bichsel über Jörg Steiner bis Otto F. Walter. Er zog sogar in dasselbe Dorf im Tessin, wo Alfred Andersch lebte – *eine Freundschaft mit Schwierigkeiten*[269].

Die Bekanntschaft mit Christa Wolf steht für zahlreiche Kontakte zu Autoren aus der DDR. Es scheint, daß Frisch für viele seiner ostdeutschen Kollegen eine Art Autorität in Hinsicht auf das Maß der erlaubten Subjektivität in der Literatur darstellt.[270] Seine Bücher wurden und werden in der DDR viel gelesen. Als erster Roman erschien 1966 (zwei Jahre nach der Originalausgabe) *Mein Name sei Gantenbein*. *Stiller* und *Homo faber* wurden in den siebziger Jahren nachgezogen. Schon 1965 war eine erste Auswahl *Stücke* veröffentlicht worden, 1974 kam eine Auswahl *Aus dem Tagebuch und Reden* hinzu, 1980 erschien ein umfangreicher Band *Erzählende Prosa 1939–1979* (er enthält *Blätter aus dem Brotsack*, *Bin oder Die Reise nach Peking*, Auszüge aus beiden Tagebüchern, *Wilhelm Tell für die Schule*, *Dienstbüchlein*, *Montauk* und *Der Mensch erscheint im Holozän*).

China war das Ziel der vorläufig letzten wichtigen Reise, von der Frisch Bericht gegeben hat. Er gehörte zur offiziellen Delegation des deutschen Bundeskanzlers Helmut Schmidt. Ein literarischer Begleiter des großen politischen Pragmatikers? Frisch fragte sich selbst nach seiner Rolle:

Helmut Schmidt – China-Reise, 1975

Im Luftwaffen-Jet habe ich den Sitz hinter dem Bundeskanzler. Warum ich eingeladen bin, ist nie ausdrücklich gesagt worden. Vor sechs Wochen die erste Begegnung mit Helmut Schmidt in Bonn: Kampfpause für den Bundeskanzler, ein schwarzer Kaffee und Zigaretten vor der nächsten Runde drüben im Bundestag, es fehlt die Muße für die Pfeife. Irgendetwas in jener Unterhaltung (35 Minuten) scheint für den Bundeskanzler erholsam gewesen zu sein; die Naivität meiner Fragen vermutlich. Keinesfalls fliege ich hier als Berater wie die Vertreter der Gewerkschaften, der Industrie, der Wissenschaft. Mein Beitrag kann nur die Neugierde sein.[271]

Neugierde, die sich zu Fragen verdichtet und auch die eigenen Vorerwartungen eingesteht: sie beweist Frisch noch einmal glänzend in seinem Reisebericht *Notizen von einer kurzen Reise nach China 28.10.–4.11.1975*, der zunächst im «Spiegel» abgedruckt wurde (dort mit dem Titel *Nein, Mao habe ich nicht gesehen*).[272] Diese Collage aus Zitaten, Beobachtungen und Selbstbefragungen zeigt, wieviel mehr einer den anderen zu sehen gibt, wenn er sich Blick und Bericht nicht durch Urteile und Behauptungen verstellt. Der Mut zur Unsicherheit macht die eigentliche Souveränität Max Frischs aus, ein Mut, der sich auf den Leser überträgt: mit eigenen Augen zu sehen.

Auch für einen Weltenbummler wie Frisch kann das Reisen irgendwann an Faszination verlieren. Ein halbes Jahr nach dem China-Besuch offenbarte er in einem Brief an Uwe Johnson, daß die Ferne für ihn nicht mehr sehr attraktiv sei: *Meine Pläne für den Sommer sind schlicht. Keine Reisen; China rückt ferner, und wenn ich sage, die Visa-Geschichte wird langwierig usw., so ist das nur der halbe Grund; es zeigt sich dabei, daß es mir an Energie fehlt, an Kraft (Ausdauer der Lust) und vielleicht sogar an Neugierde, oder genauer gesagt: die Neugierde wird zu mühsam, ich lerne immer langsamer, und man müßte vor einer solchen Reise sehr viel gelernt haben. Selbst wenn ich verstehe, was ich lese, so bleibt zu wenig haften. Shit! – ich hoffe, daß ich demnächst in die begonnene Arbeit zurückfinde, die Entwürfe nicht verwerfen muß beim Wiedersehen.*[273]

Das Spätwerk

Ich habe mir mein Leben verschwiegen. Ich habe irgendeine Öffentlichkeit bedient mit Geschichten. Ich habe mich in diesen Geschichten entblößt, ich weiß, bis zur Unkenntlichkeit. Ich lebe nicht mit der eigenen Geschichte, nur mit Teilen davon, die ich habe literarisieren können. Es fehlen ganze Bezirke: der Vater, der Bruder, die Schwester. Im vergangenen Jahr ist meine Schwester gestorben. Ich bin betroffen gewesen, wieviel ich von ihr weiß; nichts davon habe ich je geschrieben. Es stimmt nicht einmal, daß ich immer nur mich selbst beschrieben habe. Ich habe mich selbst nie beschrieben. Ich habe mich nur verraten.[274]

Dieses überraschende Bekenntnis steht in der Erzählung *Montauk*, die 1975 erschien. Dieser erste umfassende autobiographische Text Frischs ist keineswegs eine Lebenserinnerung, sondern ein kaleidoskopartiger, fragmentarischer Abriß – und doch in seiner ausgeklügelten Skizzenhaftigkeit reicher und bewegender als so manches Memoirenwerk. Uwe Johnson schrieb im Januar 1975, nachdem er das Manuskript gelesen hatte, an Frisch, es sei diesem gelungen, «aus dem eigenen Leben mit Mitteln der Literatur ein Kunstwerk herzustellen»[275]. Auch die Literaturkritik reagierte positiv. Marcel Reich-Ranicki befand, *Montauk* übertreffe in mancherlei Hinsicht alles, was man bisher von Frisch kenne: «Es ist sein intimstes und zartestes, sein bescheidenstes und gleichwohl kühnstes, sein einfachstes und vielleicht eben deshalb sein originellstes Buch.»[276]

Was aber heißt es, wenn Frisch mitteilt, er habe sich in seinen früheren Werken verraten, doch nie selbst beschrieben? Die Geschichten, soll das wohl bedeuten, die er erfunden hat, enthielten – in Form von Verkleidungen – seine eigene Geschichte. Sie enthielten seine Person und versteckten sie doch, frei nach dem Selbstzitat, das in *Montauk* vorkommt (und aus dem *Gantenbein*-Roman stammt): *Ich probiere Geschichten an wie Kleider.*[277] *Montauk* ist die Bestandsaufnahme eines Künstlerlebens und zugleich die Revision einer alten Überzeugung: man könne ein Erlebnis nicht mit dem wirklichen Beispiel ausdrücken, das uns betroffen hat.[278] In dieser Erzählung läßt Frisch keinerlei Lust mehr an Verkleidungen und Fiktionen erkennen, er schreibt – wie er dem Leser erklärt –, ohne Ereignisse zu erfinden, die exemplarischer sind als seine Wirklichkeit, *ohne auszuweichen in Erfindungen*[279].

Um die Geschichten, die das Leben ausmachen oder die man doch dafür hält, geht es auch in dem Theaterstück *Triptychon*, das Frisch nach langjähriger Enthaltsamkeit als Dramatiker 1978 – zunächst als Buch – der Öffentlichkeit vorstellte. Im Totenreich sagt ein ehemaliger Clochard über seine Leidensgenossen im Jenseits: ... *sie wandeln in der Ewigkeit des Vergangenen und lecken an ihren dummen Geschichten, bis sie aufgeleckt sind.*[280] Frisch versucht in dem dreiteiligen Stück ein Gespräch zwischen den Lebenden und den Toten in Szene zu setzen. Die Lehre von *Triptychon*: Es bleiben Monologe auf beiden Seiten, egal, ob die Menschen noch reden können oder verstummt sind. Am besten ist das dritte Bild gelungen: Ein ehemaliges Liebespaar trifft sich auf einer Bank. Die Frau lebt nicht mehr, sie ist präsent nur durch ihre äußere Erscheinung und durch die Zitate, die der Mann ihr entgegenhält – eine großartige, bühnenwirksame Konstellation. Die anderen beiden Teile fallen dagegen ab. *Triptychon* wurde erstmals am 10. Oktober 1979 in Lausanne in französischer Sprache aufgeführt, es folgte eine Inszenierung in Warschau (im April 1980). Die deutschsprachige Erstaufführung fand am 1. Februar 1981 am Wiener Burgtheater statt, nachdem eine geplante Frankfurter Aufführung nicht zustande gekommen war. Frisch, nach seiner Arbeit fürs Theater gefragt: *Das ist für mich eine Sackgasse, es ist kein produktiver Weg mehr.*[281]

Die Nähe des Todes und die Isolation des Alters werden auch in dem Buch danach beschworen, jener Erzählung mit dem eigenartigen Titel *Der Mensch erscheint im Holozän*, die bei Kritik und Publikum nicht viel Resonanz gefunden hat. Dabei ist diese Geschichte eines alten Mannes, der in einem kurzfristig von der Umwelt abgeschnittenen Bergdorf lebt, überhaupt nicht düster, sondern von humorvoller Grazie. Was eigentlich lernt der Mensch in seinem Leben, ist hier unter anderem die Frage. Was kann er wissen? Was weiß er sicher? Was behält er? Und wozu? *Der Mensch bleibt ein Laie*, lautet das Fazit des Einsamen in den Bergen.[282] Die Erzählung, 1979, vier Jahre nach *Montauk* erschienen, war Mißverständnissen ausgesetzt, sie wurde für eine Fortsetzung der Autobiographie genommen. Dabei ist – so Frisch im Gespräch – die Hauptfigur Geiser alles andere als ein Alter ego des Autors: *Ich lebe anders als Herr Geiser, nicht als Witwer und nicht allein, nicht nur im Tessin, ich bin nicht Rentner etc. Herr Geiser, als Typ, hatte im Tal ein Modell, Armand Schultheß. Natürlich kenne ich das Tal, wo diese erzählte und erfundene Geschichte stattfindet; ich kenne dort Stock und Stein, ja, auch das Wetter. Deswegen ist die Geiser-Geschichte noch nicht autobiographisch.*[283] Übrigens war das Buch in Amerika ein großer Erfolg: Die New Yorker Kritiker beförderten es zur besten Erzählung des Jahres 1980.

Die Erzählung *Blaubart* von 1982 fand in der deutschen Presse ein geteiltes Echo. Friedrich Luft sah den Autor «mit einem so eigentlich schrecklich leeren Buch» das Handtuch werfen.[284] Joachim Kaiser hinge-

gen warnte davor, diesen «Blaubart-Prozeß» zu unterschätzen, bloß weil man jedes Wort verstehe. Er kam zu dem Ergebnis: «Ein vollkommen klares, durchschaubar scheinendes, knappes Alterswerk. Verzweiflung, völlig unsentimental, hinter lakonischen Dialogen und eleganten Blackouts versteckt.»[285]

Worum geht es? Eine Edelprostituierte ist ermordet worden. Der Arzt Felix Schaad, ehemals Ehemann der Getöteten, steht vor Gericht. Zehn Monate Untersuchungshaft liegen hinter ihm. Ein Indizienprozeß. Das Ergebnis erfährt der Leser schnell, schon auf der zweiten Seite:

Der Leuchtturm von Montauk auf der Spitze von Long Island

Freispruch mangels Beweis –
Wie lebt einer damit?
Ich bin vierundfünfzig.[286]

Frisch nimmt es mit seiner Initialidee genau: Was macht ein Mann nach einem Prozeß, in dem mehr als hundert Stunden lang über seine Person und sein Leben verhandelt wurde? Freunde, Frauen, Zufallsbekanntschaften zogen vorbei: Zeugen, die ihm Übles nachsagten oder ihm helfen wollten, die alles vergessen hatten oder öffentlich aussprachen, was sie ihm persönlich nie gesagt haben. Die Szenen aus dem Gerichtssaal

Max Frisch an seinem Schreibtisch in Berzona

sind Rückblenden. Sie spielen sich im Kopf des Arztes ab, der nun wieder in Freiheit lebt.

Frisch zügelt in *Blaubart* seine Phantasie. Er brilliert nicht mit Einfällen. Er deutet nur noch an. Was könnte einem Mann wie Schaad in dieser Situation helfen? Alkohol und Reisen jedenfalls nicht. Selbstmord und Auswanderung kämen einem nachträglichen Schuldbekenntnis gleich. *Wandern hilft eine Zeitlang,* heißt es.[287] Auch in der Sauna fühlt sich Schaad einigermaßen wohl. Vor allem: beim Billard-Spiel. Er spielt allein, ersetzt den Partner durch den Zufall: *Ich mogle nicht, das hat keinen Sinn, ich anerkenne jede Position, die sich ergibt, wenn die Kugeln endlich stehenbleiben.*[288]

Das ist zugleich eine Kurzfassung der literarischen Arbeitsweise Frischs, der sich wie experimentierend auf eine Vorgabe einläßt: Wohin ein Gedanke, ein Einfall auch gerollt ist – es gilt. Die Kunst ist nun, das daraus Folgende plausibel zu machen. Hier ist es das Fragespiel, das sich im Kopf des ehemals Angeklagten verselbständigt. Zunächst sind es nur Rekapitulationen, Erinnerungsfetzen, Dialogstücke aus dem Prozeß; die Stimmen des Verhörs wollen nicht verstummen. Bald führt Schaad auch fiktive Gespräche. Er läßt seine toten Eltern auf der Gerichtsbühne in seinem Kopf erscheinen. Plötzlich stellt er die Fragen: an sich, an andere.

Frisch hat in *Blaubart* zahlreiche Motive noch einmal zitierend, parodierend und variierend aufgenommen, die seine Werke von jeher, vor allem aber seit dem *Tagebuch 1966–1971* durchzogen haben. Und er hat in der Form die Zuspitzung gesucht: so schroff montiert, so schmucklos, so knapp war kaum eines seiner Werke bisher, allenfalls einmal eine Skizze, ein Entwurf aus dem Tagebuch. Angedeutet hatte sich der neue Stil schon 1964 in *Mein Name sei Gantenbein*: Schein und Sein wurden gegeneinander ausgespielt, die Fiktion in der Fiktion ausgereizt – eine Montage scheinbar aus Bruchstücken, perfekt arrangiert. Das *Tagebuch 1966–1971* brachte eine neue Komponente: die Übernahme fremder Textteile. Die Montage weitete sich zur Zitatcollage, vordergründig gedeckt durch die Form der Tagebuch-Notate. Tatsächlich aber ist die Annonce als «Tagebuch» eher irreführend: Zwar ist der Band chronologisch gegliedert, auch finden sich Eintragungen mit Datum und Ortsangaben, doch eigentlich handelt es sich um ein streng komponiertes Prosamosaik, in dem verschiedene Erzählmuster und bestimmte Motive auf- und abgeblendet werden – ein Kunst-Diarium.

Fast alle Werke seit diesem Tagebuch nutzen das Prinzip der Montage, das den Leser als Mitdenker erfordert und herausfordert. Die Dramaturgie von *Triptychon* setzt die Personen auf der Bühne nicht mehr einfach miteinander in Beziehung, sondern stellt Dialogpartner zueinander, die von anderen Paarungen abgelöst und zum Schweigen verdammt werden, bis sie ihren Gesprächsfaden aufnehmen dürfen und ihrerseits anderer Rede unterbrechen. Zitate finden sich auch in dem Prosastück *Wilhelm Tell für die Schule* und in der Erzählung *Der Mensch erscheint im Holozän*, dort sogar in der ursprünglichen Typographie mitsamt Zeichnungen und Bildern wiedergegeben. Auch für *Montauk* wählte Frisch die Montageform. Meisterhaft ist darin die Mischung aus Gegenwart und Rückblende, aus Erzählung und Räsonnement gelungen; zugleich ist die Anordnung der einzelnen Teile, so verwirrend sie auch zunächst auf den Leser wirken mag, von geradezu erhellender Artistik. Im Laufe der Jahre erweist sich dieses Werk von 1975 mehr und mehr als ein zentrales Buch dieses Autors, wenn nicht überhaupt als sein bedeutendstes und bei aller Knappheit gewichtigstes. *Montauk* handelt von der Liebe, von der Liebe im Alter, von der Vergänglichkeit. Die Erzählung ist zugleich die Bilanz eines Manneslebens, behutsam dem Vergessen abgerungen und dem Verdrängen. *Es wird Zeit, nicht bloß an den Tod zu denken, sondern davon zu reden.*[289]

Die letzten beiden Erzählungen bilden mit *Blaubart* eine untergründige Einheit, nicht im Sinn einer Trilogie, wie etwas vorschnell behauptet worden ist, wohl aber im Sinn eines harmonischen Akkords. Die drei Bücher ergänzen sich und sind doch selbständige Einheiten. Felix Schaad ist noch kein alter Mann. Doch immerhin hat er, Mitte Fünfzig, sechs Ehen hinter sich, die siebte geht gerade in die Brüche. Auch er blickt zurück, hilflos.

Vor dem Haus in Berzona

Die Befragungen der Frauen vor Gericht, die Aussagen von Helene, Lilian, Gisela, Corinne, Andrea und Jutta (eine kann nicht befragt werden: ihretwegen ist er des Mordes angeklagt) machen dem Mann klar: *Es gibt kein gemeinsames Gedächtnis*. Dieser Satz fällt in *Blaubart* gleich zweimal.[290]

Alle drei Bücher haben den Tenor der Bilanz, des Abschlusses – bis hinein in die Form, die nur noch das Nötigste zuläßt: verknappt, zugeknöpft. Wie hält man all das, was man im Laufe des Lebens geschrieben hat, unter Kontrolle? Diese Frage, die sich Frisch gestellt haben mag, taucht indirekt – in die jeweilige Geschichte eingepaßt – mehrfach auf. In *Blaubart* sind es die Kopien von Liebesbriefen und Tagebüchern Schaads, die gegen ihn verwendet werden:

Man sollte keine Notizen hinterlassen – eines Tages ist man verhaftet unter falschem Verdacht und der Staatsanwalt liest vor: – «Sie ist eine Qualle, eine Qualle, auch wenn sie einmal nicht lügt, und eine Qualle kann man nicht erwürgen.»[291]

Das muß eine immerwährende Bedrohung für einen Schriftsteller sein: dem einmal Verfaßten ausgeliefert zu sein, konfrontiert zu werden mit – richtig oder falsch verstandenen – Geständnissen, mit möglicherweise längst überholten Offenbarungen überführt zu werden. Auch in den Schubladen von Herrn Geiser, des Alten in den Bergen, gibt es *allerlei Briefe, die die Erben nichts angehen*[292]. Ein Mensch, der sich auf sein Gedächtnis nicht oder nicht mehr verlassen kann, macht sich Notizen hebt Papiere auf.

Aus Briefen und Tagebüchern Schaads, die gefunden und beschlagnahmt worden sind, geht hervor, daß der Arzt in der Zeit seiner Ehe mit der ermordeten Rosalinde Z. oft eifersüchtig gewesen ist. Das gibt Max Frisch Gelegenheit, noch einmal eines der großen Themen seines Werks aufzugreifen und ihm eine überraschende Wendung abzutrotzen. Schon 1949 reservierte er in seinem ersten Tagebuch dem Stichwort mehrere Seiten, versuchte erste begriffliche Einkreisungen eines unerschöpflichen Motivs, das auch in den Romanen immer wiederkehrt: *Eifersucht als Angst vor dem Vergleich.*[293] Jahrzehnte später, in *Montauk*, blickt er in der dritten Person zurück: *Er hat reichlich über Eifersucht geschrieben. Schon deswegen hat er sich in den letzten Jahren jede Eifersucht versagt. Es wäre keine neue Erfahrung für ihn, wenn er wieder in Eifersucht verfiele; es fiele ihm als Schriftsteller dazu nichts ein, nichts Neues.*[294]

Das war voreilig, denn es ist ihm Neues eingefallen. Schaad nämlich, der als Ehemann so eifersüchtig gewesen ist, wird später, als Rosalinde sich von Männern bezahlen läßt, durch sie von seinem Leiden befreit. Wie? Er schaut ihr bei der delikaten beruflichen Aktivität per Videoanlage zu. Dieser Vorschlag zur Befreiung von der lästigen Eifersucht ist eine ironische Pointe Frischs, die ganz nur zu würdigen versteht, wer die Qualen und Besessenheiten anderer Romanfiguren vor Augen hat. Der

Beim «Steirischen Herbst» in Graz, November 1981 (mit Alfred Kolleritsch und Günter Grass)

Einfall ist symptomatisch für manche Passage in den zuletzt erschienenen Büchern; er ist nicht eigentlich unrealistisch oder gar unglaubwürdig, sondern durchaus von einer inneren Logik, gibt sich aber gleichwohl als kauzige Idee zu erkennen.

Und natürlich ist auch das Motiv der scheiternden Ehe eine ironische Neuauflage – hier ins Groteske gesteigert. Im zweiten Tagebuch von 1972 wird die Eheproblematik, die Frisch zeitlebens beschäftigt hat, in Form eines Fragebogens eingekreist, findet sich schon das Muster des Aushorchens: *Falls Sie sich schon mehrere Male verehelicht haben, worin sind Ihre Ehen sich ähnlicher gewesen, in ihrem Anfang oder in ihrem Ende?* [295] Nun also steht einer, den eine seiner Frauen gern «Blaubart» genannt hat, vor Gericht. Rätsel werden in diesem Prozeß nicht gelöst. Das Gerichtsverfahren ist keine Methode, um psychische Abgründe wirklich aufzudecken. Frisch demonstriert gerade den Leerlauf, das Ritual. Er hat übrigens vor der Niederschrift des *Blaubart* ein solches Verfahren intensiv studiert. Von den 68 Stunden eines Mordprozesses in Zürich Anfang 1980 hat er nur drei versäumt (das Urteil – Freispruch – erging im Februar). Daß die Auslotung der Figuren, vor allem des Doktor Schaad, nicht sehr weit führt, mag manchen Leser enttäuscht haben. Auch daß das Versprechen, das im Titel *Blaubart* liegt, vordergründig nicht eingehalten wird. Schaad ist eben keiner, der Leichen im Keller hat, nicht einmal die Frau, deretwegen er vor Gericht steht, hat er umgebracht. Frisch geht es nicht um die Variation einer Legende. Und doch ist der Titel nicht willkürlich gewählt. Schaad spürt eine diffuse Schuld. Sie bezieht sich auch auf die Frauen, die aus seinem Leben verschwunden sind, ob sie nun noch existieren oder nicht. Jede Eheschließung birgt das Versprechen auf ein gemeinsames Leben, und dieses Leben fand bei Schaad siebenmal nicht statt.

Ich bin nicht unschuldig, sagt er wie nebenbei im Selbstgespräch[296] – längst nicht so demonstrativ wie einst der Held aus dem Roman von 1954, jener Mann, der gleich im ersten Satz damit herausplatzte: *Ich bin nicht Stiller!*[297] Das war eine Irreführung, und doch nicht nur. So auch jetzt: *Ich bin nicht unschuldig* ... und wenig später die Fortsetzung: *Nur bin ich nicht der Täter ...*[298]

Die Schuld ist allgemeiner. *Auswandern käme einem Geständnis nahe*[299] – dieser Satz führt wahrscheinlich am nächsten an den Punkt, wo die Erzählung *Blaubart* autobiographisch zu deuten wäre, wenn auch in keiner Weise *Montauk* vergleichbar. Max Frisch verbringt nur noch einen Teil seiner Zeit in der Schweiz, Amerika ist ihm zur zweiten Heimat geworden. Gibt das nicht seinen Gegnern – und deren hat er viele in der Schweiz – nachträglich recht? Dies ist ein Problem, das hier spielerisch verarbeitet wird.

Vielleicht stimmt es am Ende nicht einmal, daß die Kenner seines Werkes am ehesten Zugang zu diesem kargen Buch finden, denn sie spüren auch stärker als andere das Abhandensein jener Elemente, die man von Frisch gewohnt ist und die er nun verweigert: seine phänomenologischen Exkurse in viele Bezirke des Alltags. Er hat nie doziert, sondern seine Überlegungen stets sorgsam aus dem erzählten Einzelfall entwickelt. Er verfügt über die Mittel anschaulicher Aufklärung wie kein Zweiter. Weil seine Darstellungen immer von einer gemeinsamen Erfahrungsgrundlage ausgingen, lieben die Leser seine Bücher. Darf man einem Autor aber verübeln, wenn er dieses stilistische Instrumentarium, das er im Schlaf beherrscht, beiseite legt? Ihn interessiert nun, wie weit die Aussparung gehen kann, wie weit er sich als Erzähler zurückziehen darf, um nur noch als Arrangeur die Fäden in der Hand zu behalten. Das mag nicht jedermanns Sache sein. Max Frisch aber ist nicht verpflichtet, einer Schreibform treu zu bleiben, nur weil sie seinem Publikum so gut gefällt. Er darf sich vor Wiederholungen, und seien es solche formaler Art, schützen. Das ist ihm mit den drei Erzählungen *Montauk, Der Mensch erscheint im Holozän* und *Blaubart* auf unterschiedliche und spannende Weise geglückt. Diese Werke sind von aller Geschwätzigkeit frei und reduziert auf das Wesentliche: in ihrer Art makellos.

Porträt 2

12. März 1982, Überlingen am Bodensee: Max Frisch verbringt hier einige Zeit, um sich zu erholen. Das Manuskript zum *Blaubart* ist abgeschlossen, das Buch noch nicht erschienen. Der Titel, erzählt er, während wir am See ein Restaurant suchen, sei ihm erst spät eingefallen.[300] Es ist ein regnerischer Tag, ungemütlich, das bewegte Wasser grau und endlos. Wie ist er überhaupt auf die Blaubart-Legende gestoßen? *Früher habe ich mal daran gedacht, ein Stück daraus zu machen. Aber ich finde eigentlich: Es ist kein sehr gutes Märchen. Es hat zu wenig Ambivalenzen.*

In einer Gaststätte finden wir einen Tisch in der Ecke mit Blick auf den See; es gibt in dieser Jahreszeit nicht viele Gäste. Frisch schaut aus dem Fenster und sagt: *Freigesprochen mangels Beweis: wie lebt man damit? Das sind wir alle!* Gibt es also autobiographische Züge in der Erzählung? *Das Autobiographische daran ist, daß ich – christlich erzogen, nicht gläubig – Schuldgefühle habe, aber nicht weiß, worin die Schuld besteht.* Und wie seiner Figur Schaad gehe es ihm auch in einem anderen Punkt: Er könne nicht einfach auswandern, viele müßten das falsch verstehen.

Er studiert die Speisekarte aufmerksam. Mehr als die inhaltliche Frage, sagt er dabei, interessiere ihn heute das Problem der Erzähltechnik. *Das fasziniert mich mehr und mehr: Wie weit man gehen kann mit dem Aussparen.* Wir geben die Bestellung auf. Max Frisch ist guter Dinge, viel offener als bei unserer ersten Begegnung. Er spricht, scheint es, gern; wenn auch bedächtig, mit Pausen. Die Montage-Form sei für ihn sehr wichtig geworden. Während der Entstehung des *Blaubart* habe er die einzelnen Manuskriptblätter an eine große Wand geheftet – *eine phantastische Sache.* Es ergeben sich nach seiner Erfahrung Verbindungen, auf die man anders nicht kommen würde.

Während des Essens sagt er plötzlich: *Man ist im Alter ungeheuer bedroht von der Langeweile – nicht weil man nicht Menschen genug um sich hat, sondern: Langeweile vor sich selbst.* Noch einmal so etwas wie *Montauk* zu schreiben wäre für ihn eine Tortur. Er habe danach etwas ganz anderes machen müssen. *Die letzten drei Erzählungen haben nur eins gemeinsam: daß sie in der Erprobung der mir möglichen Darstellungsweisen weiter gehen als die Arbeiten vorher.*

Montauk war eigentlich als Abschluß geplant – *ein Vermächtnis*, so sagt

In Zürich, September 1982

er. *Ich dachte, das sei das letzte Buch. Ich wollte alles noch einmal überschauen. Ich fühlte mich dabei sehr lebendig. Ich habe kürzlich in einem Interview erklärt, daß ich «Montauk» im Sommer 1974 in einer Gemütsverfassung der Versöhnlichkeit und Angstfreiheit geschrieben habe. Es gelang mir, sechzig Jahre meines Lebens zu akzeptieren, einschließlich der Fehler: ohne mich oder die anderen zu richten, und ohne klein beizugeben. Es war eine Zeit ohne Angst. Die Angst ist später wiedergekommen.* Würde er

Montauk heute anders schreiben? *Ja. Wenn ich es wiederlese, kommt mir zuviel verschleiert vor, unnötig verschleiert; es ist viel zu wenig direkt.*

Mit Ratschlägen, gar mit Wünschen hinsichtlich der Monographie, die über ihn entstehen soll, ist er zurückhaltend. Direkt befragt, was nach seiner Meinung nicht fehlen dürfe, nennt er ein paar Punkte: das Schauspielhaus in Zürich (1933–50), die Begegnung mit Brecht, die Urbanis-

mus-Diskussion (1950–60), die Heimat mit der Mundart, die Architektur als Beruf in verschiedenen Funktionen (Angestellter, Boss, etc.). Eine Frage am Schluß: Wie erklärt er sich selbst seinen Erfolg? Er zögert, sagt dann: *Vielleicht so: die meisten Sachen, die ich gemacht habe, sind verbunden mit einer eigenen Betroffenheit.* Da stehen wir schon wieder auf der Promenade. Er setzt sich die Mütze auf.

Das Geburtshaus: Heliosstraße 31

Zürich, 24. September 1982. Max Frisch im Max-Frisch-Archiv der Technischen Hochschule: von dem jungen Germanisten, der hier halbtags beschäftigt ist und Ordnung in das Material bringt, läßt er sich ein neues Karteisystem zeigen. Es muß ein merkwürdiges Gefühl für ihn sein, sich in diesen zwei Räumen aufzuhalten, die in Briefen, Rezensionen und Büchern einen Teil seines Lebens bewahren. Deutlich zu spüren: es macht ihm auch Vergnügen. Ein großer Kasten enthält das Fotomaterial, darunter: das einzige Familienalbum. Frisch blättert es durch, überlegt mit, was

New York: das Haus in der Prince Street, in dem Frisch eine Wohnung hatte

für einen Abdruck geeignet wäre. Er ist ein bißchen heikel: Fotos, die ihn als Baby zeigen, mag er nicht. Er überschlägt schnell zwei, drei Seiten. Später, als wir zum Auto gehen, betont er, wie froh er sei, daß das Material hier nun gesichtet und zusammengehalten werde. *Ich bin nicht der Typ zum Sammeln.*

Wir fahren am Café Odeon vorbei. Hier hat er sein erstes Tagebuch begonnen? *Ja*, sagt er, *früher war das viel größer. Aber sie mußten eine Boutique da reinsetzen. Als ob Zürich noch viele intakte Bauten hätte.* Er ist ein guter Beifahrer. Man kann sich auf das rechtzeitige Anweisen verlassen (*Hier fahren Sie jetzt rechts. Nehmen Sie dann die linke Spur!*), auch mitten aus der Unterhaltung heraus.

Die Mittagszeit ist vorbei. Wir suchen ein Lokal, doch viele Küchen haben schon geschlossen. Wir gehen zu Fuß, Frisch trabt unermüdlich die Gäßchen der Innenstadt auf und ab. Schließlich finden wir einen Platz an der Eßbar des «Mövenpick». Wir reden über Freundschaften und wie schwer es ist, sie am Leben zu erhalten. Das Beispiel Dürrenmatt: *Müssen wir uns nur bei Begräbnissen sehen?* Den Espresso trinken wir im «James Joyce Pub»: Frisch kennt sich aus in Zürich – im Werk des Iren weniger. Er gesteht es offen ein und beklagt seine Lesefaulheit. Dabei arbeite er nicht mehr soviel; die Arbeit fehle ihm auch nicht mehr so wie vor einiger Zeit.

Zurück fahren wir mit der Straßenbahn. Der Bürger in seiner Heimatstadt: Frisch holt ein Fahrschein-Heft aus seiner braunen Kordjacke hervor, schiebt zwei Tickets zum Entwerten in den Automaten. Es klappt nicht gleich. Frisch muß die Fahrkarten umdrehen, dann klingelt die Maschine. Frisch in der Straßenbahn: niemand erkennt ihn, kaum ein Zürcher würde ihn wohl hier vermuten. Für viele ist er der Millionär, der seiner Heimat den Rücken gekehrt hat. Er erzählt eine Episode, die sich während der vergangenen Fußball-Weltmeisterschaft zugetragen hat. Ein Mann sprach ihn auf der Straße an und lud ihn zum Bier ein. Er wollte von Frisch persönlich hören, ob er wirklich den Untergang der Schweiz herbeisehne.

Die Geschichte muß hier nicht erzählt werden, Frisch selbst hat sie aufgeschrieben. Am nächsten Vormittag, in seiner Wohnung in der Stockerstraße, kommt er mit einem Manuskript, das er am Morgen noch schnell der Sekretärin ins reine diktiert hat. Nur eine kleine Episode – und was hat er daraus gemacht: hinreißende Prosa, wie sie nur ein Meister der Skizze, der Andeutung, der genauen Nebensätze fertigbringt, und ein Menschenkenner ...

Wochen später erhielt er von mir ein Foto zur Ansicht: ob es wirklich sein Geburtshaus zeige. Am 16. Dezember 1982 schrieb er aus New York zurück: *Das Haus Helios-Straße 31: das war es, ja, genau so. Woran ich mich natürlich nicht erinnert hätte: die zwei Portal-Köpfe, ein männlicher, ein weiblicher, ich wohnte somit auf der weiblichen Seite.*

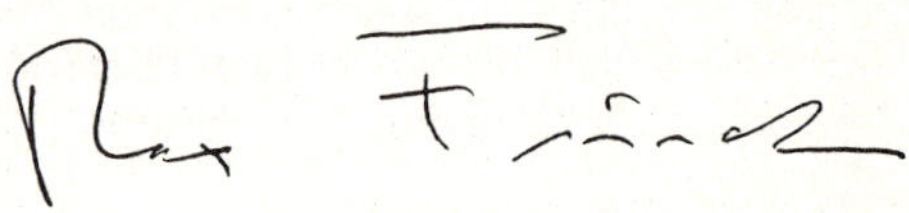

Episode

Er sei ein Mann unsres Bürgertums und andrer Meinung als ich, sagt der Herr, der mich auf der Straße angeredet hat. Ob ich Zeit habe für ein Bier? Seine Frau, die er mir vorstellt, ohne sich selber vorgestellt zu haben, ist etwas verdutzt von seiner Laune. Wann hat man schon die Gelegenheit, so sagt er zu seiner Frau, die inzwischen verstanden hat, daß ich die Fußball-Weltmeisterschaft nicht verpassen möchte, und warum nicht, so sagt er sich selbst, warum soll man nicht mit Herrn Frisch ein Bier trinken? Ich habe zu wissen, daß er liberal ist und tolerant, also bereit mit mir zu reden, und obschon er, wie gesagt, andrer Meinung ist als ich, glaube er persönlich nicht, daß ich den Untergang der Schweiz wolle. Der Herr ist etwas angetrunken, aber ein Herr. Wo er gelesen oder gehört hat, daß ich den Untergang der Schweiz will, erfahre ich nicht. Als seine Frau ihm sagt, daß ich die Fußball-Weltmeisterschaft nicht verpassen möchte, weiß ich bereits, daß er Gottfried Keller liebt und dem schweizerischen Hauseigentümer-Verband vorsteht. Habe ich richtig gehört? Er kenne die dumme Geschichte, jaja, ein paar junge Zürcher haben sich an den Hauseigentümer-Verband gewendet (ohne mein Wissen übrigens) und von der Sekretärin erfahren: Für Max Frisch haben wir keine Wohnungen! Es werde nie wieder zu einer solchen Auskunft kommen, so sagt der Herr, dafür werde er persönlich sorgen. Wie ich zu Gottfried Keller stehe? Ich möchte tatsächlich die Fußball-Weltmeisterschaft sehen und vorher noch etwas essen. Er lade mich ein, ja, er lade mich zum Essen ein. Ich habe aber nur Zeit für eine kalte Wurst, sage ich, wegen der Fußball-Weltmeisterschaft. Das Restaurant, das ich im Sinn habe, ist ihm recht. Seine Frau scheint erleichtert zu sein, als ich, nachdem wir unser Bier bestellt haben und dazu ein kaltes Siedfleisch mit Senf, vom derzeitigen Stand der Fußball-Weltmeisterschaft berichte. Es gebe, so sagt der Herr, schon Linke, mit denen er sich nicht an einen Tisch setzen würde. Seine Frau hat zu bestätigen, daß er ein Mutiger ist. Zum Beispiel würde er sich persönlich dafür einsetzen, daß sein Verband mich zu einem Vortrag einlädt. Er wolle mich nicht mundtot machen, obschon er in vielem, wie gesagt, andrer Meinung ist. Es komme nicht in Frage, daß ich mein Bier und Siedfleisch bezahle, nein, das kommt gar nicht in Frage, und der Herr läßt meinen rechten Arm nicht los, bevor ich ihm glaube, daß er mich nicht mundtot machen will –

Anmerkungen

Es werden die folgenden Kürzel verwendet:

I–VII	Max Frisch: Gesammelte Werke I–VII, Frankfurt a. M. 1976/1986 (auf die römischen Ziffern folgen Seitenangaben)
Int. 1–3	Tonbandprotokoll von Interviews mit Max Frisch, die vom Verfasser geführt wurden: 1. in Frankfurt am 30.8.1981, 2. in Überlingen (am Bodensee) am 12.3.1982 und 3. in Zürich am 24.9.1982
FAZ	Frankfurter Allgemeine Zeitung
MF 1/2	1. Über Max Frisch, hg. von Thomas Beckermann, Frankfurt a. M. 1971; 2. Über Max Frisch II, hg. von Walter Schmitz, Frankfurt a. M. 1981[3]
M-F-A	Max-Frisch-Archiv, Zürich
NZZ	Neue Zürcher Zeitung
S-A	Archiv des Suhrkamp-Verlags, Frankfurt a. M.

1 V 332
2 Int. 1; daraus auch alle folgenden, nicht bezifferten Zitate dieses Kapitels
3 V 327
4 IV 263
5 V 398f.
6 VI 730
7 VI 340
8 Ebd.
9 VI 340f.
10 Int. 1
11 Ebd.
12 VI 636f.
13 II 584f.
14 NZZ vom 27.5.1931; I 7ff.
15 Int. 2
16 Der Vater starb März 1932. Max Frisch war zwanzig Jahre alt. Er irrt, wenn er in der autobiographischen Skizze von 1948 sein Alter mit 22 angibt. Vgl. II 586
17 IV 207
18 I 11f.
19 I 17
20 I 24
21 NZZ vom 1.6., 26.6., 12.10. und 8.11.1932
22 Int. 2
23 Ebd.
24 Ebd.
25 I 49
26 II 586f.
27 Int. 2
28 Ebd.
29 Der Roman ist erst durch die Gesammelten Werke wieder zugänglich: I 225–385
30 I 295
31 I 305
32 I 295
33 I 345
34 Vgl. I 378ff.
35 Vgl. I 383
36 I 314ff.
37 NZZ vom 30.4., 7.5. und 20.5. 1935
38 I 84

39 I 84 f.
40 I 85
41 I 91
42 Ebd.
43 Ebd.
44 VI 727
45 VI 728
46 Vgl. VI 163
47 VI 728
48 In dem Film: Max Frisch, Journal I–III von Richard Dindo, Schweiz 1981
49 Max Frisch: Antwort aus der Stille, Stuttgart 1937, S. 86
50 Ebd., S. 17
51 Int. 2
52 II 587
53 Brief an Hermann Hesse vom 21. 10. 1937 (M-F-A)
54 In der Briefausgabe findet sich kein entsprechender Hinweis auf Frisch. Vgl. Hermann Hesse: Gesammelte Briefe (Dritter Band 1936–1948), Frankfurt a. M. 1982
55 II 588
56 IV 207
57 Int. 1
58 Siehe Anm. 53
59 Int. 1
60 Von einem wichtigen Diskussionsbeitrag zur «Schauspielhausfrage» abgesehen. Vgl. I 98 – 104
61 I 114
62 Int. 2
63 NZZ vom 16. 9., 18. 9. und 22. 9. 1935
64 I 128
65 VI 546
66 Atlantis, Heft 11/1939
67 I 151
68 I 115
69 VI 545
70 VI 541
71 Int. 2
72 NZZ vom 23. 12., 25. 12., 27. 12., 29. 12. und 30. 12. 1940
73 VI 704 und 703
74 Vgl. I 177 – 179
75 IV 265
76 II 499
77 Schweizerische Bauzeitung, Nr. 12/1950 vom 25. 3. 1950, S. 149
78 VI 733
79 VI 689
80 Brief an Martin Hürlimann vom 20. 3. 1943 (M-F-A)
81 I 411
82 I 551
83 I 497
84 I 223 und 220
85 II 137
86 I 607
87 I 649
88 I 604
89 I 624
90 VI 706
91 II 6
92 II 51
93 II 21
94 II 72
95 II 76 f.
96 II 63; vgl. Zitat zu Anm. 82
97 II 23
98 II 104
99 II 374
100 II 383
101 II 376
102 II 381
103 II 206; vgl. auch II 400 f.
104 II 206
105 II 502
106 II 517
107 II 515
108 II 637; zur Begegnung mit Brecht vgl. auch II 593 ff., IV 232, VI 20 ff.
109 VI 30
110 Zit. nach II 766
111 II 279; vgl. auch II 369
112 II 337
113 Vgl. II 600 ff.
114 Brief an Peter Suhrkamp und Gottfried Bermann-Fischer vom 17. 5. 1950, zit. nach II 776
115 Vgl. II 770 ff.
116 II 646 f.
117 Int. 1
118 Vgl. II 403 f. und 406 ff.
119 Brief an die Direktion des Zürcher

Schauspielhauses, März 1951 (M-F-A)
120 III 229
121 Brief an Peter Suhrkamp vom 11.9.1951 (S-A)
122 Int. 1
123 III 169
124 Int. 1
125 Ebd.
126 Ebd.
127 Ebd.
128 II 349
129 Clara Menck: Max Frischs Tagebuch, FAZ vom 5.12.1958
130 Brief an Peter Suhrkamp vom 16.6.1958 (S-A)
131 Int. 1
132 Vgl. II 351, 353
133 II 361
134 Vgl. II 361, 369, 371, 386, 403, 448, 454, 467, 802
135 II 450
136 II 449
137 II 448
138 II 451
139 II 598
140 II 467
141 So ein Kritiker aus der DDR – Klaus Schimanski: Ernst genommene Zeitgenossenschaft, in MF 2, S. 386
142 Günter Wallraff: Die Reportagen, Köln 1976, S. 586
143 So bei Karl Heinz Bohrer: Das Menschengeschlecht und die Bekannten, FAZ vom 8.4.1972
144 VI 284f.
145 VI 229
146 VI 352
147 VI 353
148 VI 79
149 VI 288
150 VI 340
151 Brief an Wolfgang Hildesheimer vom 9.6.1972 (M-F-A)
152 VI 787
153 Brief an Peter Suhrkamp vom 23.8.1953 (S-A)
154 Int. 1
155 Brief an Peter Suhrkamp vom 30.6.1954 (S-A)
156 Karl Korn: Ein Mann, der sich selbst sucht, FAZ vom 16.11.1954
157 Emil Staiger: Dichtung und Forschung, NZZ vom 19.11.1954
158 II 449
159 III 361
160 III 401
161 III 435f.
162 Vgl. III 467, 499f., 718, 749f.
163 Theodor W. Adorno: Noten zur Literatur I, Frankfurt a.M. 1958, S. 62f.
164 Vgl. III 407ff.
165 Friedrich Dürrenmatt: «Stiller», Roman von Max Frisch, in: MF 1, S. 12
166 III 416
167 III 436
168 III 535
169 III 705f. – Manches davon sind Kenntnisse aus zweiter Hand, so Thomas Manns «Zauberberg»; vgl. Frisch: Spuren meiner Nicht-Lektüre, in: Walter Schmitz (Hg.): Materialien zu Max Frisch «Stiller», Frankfurt a.M. 1978, S. 341f.
170 IV 24
171 II 392
172 Friedrich Sieburg: War Oedipus zunächst Ingenieur?, FAZ vom 26.10.1957
173 IV 160
174 Brief an Peter Suhrkamp vom 21.8.1957 (S-A)
175 IV 199
176 Brief an Hans Mayer vom 18.9.1961, zit. nach MF 2, S. 563
177 Walter Jens: Deutsche Literatur der Gegenwart, München 1961, S. 93
178 Nathalie Sarraute: Das Zeitalter des Argwohns, Köln 1963, S. 52
179 Weltwoche vom 4.11.1960
180 IV 263
181 Brief an Carl Zuckmayer vom 15.7.1961 (M-F-A)

182 V 327
183 Vgl. V 324
184 V 21
185 V 22
186 Vgl. V 133 ff.
187 Vgl. V 129 ff.
188 V 129
189 V 130
190 V 314
191 Ebd.
192 V 18 f., vgl. auch V 313 f.
193 II 379
194 II 601
195 II 227
196 Brief an Siegfried Unseld vom 11. 2. 1961 (S-A)
197 Vgl. II 556 ff.
198 IV 456
199 Hellmuth Karasek: Frisch, Velber 1969, S. 73
200 Eduard Stäuble: Max Frisch, St. Gallen 1967[3]
201 Vgl. II 555 f.
202 Zit. nach Walter Schmitz (Hg.): Materialien zu Max Frisch «Biedermann und die Brandstifter», Frankfurt a. M. 1979, S. 74 f.
203 VI 462
204 Bertolt Brecht: Schriften zum Theater, Frankfurt a. M. 1957, S. 64
205 IV 456
206 Frisch: Dramaturgisches, Berlin 1976, S. 18 f.
207 Ebd., S. 31
208 V 562
209 V 493
210 V 555
211 V 68
212 Int. 1
213 VI 635 f.
214 IV 244
215 V 348
216 VI 477 u. 482 f.
217 Int. 2
218 III 264 f.
219 III 347
220 Brief an Uwe Johnson vom 1. 6. 1976 (M-F-A)
221 VII 8 f.
222 VII 37 f.
223 IV 236
224 V 353
225 VI 25
226 V 373
227 VI 580
228 VI 424
229 II 491
230 IV 258
231 V 374
232 VI 511 f.
233 I 69
234 VI 291 f.
235 Zit. nach Walter Schenker: Mundart und Schriftsprache, in: MF 1, S. 298
236 Brief an Stephan Kaiser vom 23. 8. 1955, zit. nach Kaiser: Die Besonderheiten der deutschen Schriftsprache in der Schweiz, Band 1, Mannheim 1969, S. 31
237 VI 511
238 Frisch: Schweiz ohne Armee?, Zürich 1989, S. 61
239 Ebd., S. 7 u. 38
240 Ebd., S. 34 f., 52, 74
241 Ebd., S. 45 f. u. 64
242 Frisch: Schweiz als Heimat?, Frankfurt a. M. 1990, S. 549
243 I 151
244 II 378
245 II 703
246 III 416
247 Frisch: Dramaturgisches, S. 21
248 V 325
249 VI 287
250 VI 88 f.
251 VI 616
252 VI 137
253 III 179–195
254 III 196–221
255 III 243–259
256 VI 676
257 Int. 3
258 VI 715
259 VI 718
260 VI 717
261 VI 747

262 VI 41
263 VI 671
264 Int. 3
265 Begegnungen, Frankfurt a. M. 1981
266 Ebd., S. 204
267 Int. 3
268 Ebd.
269 Ebd.
270 Vgl. Jurek Beckers Beitrag in: Begegnungen, S. 17–19
271 VI 782
272 Der Spiegel vom 9. 2. 1976
273 Brief an Uwe Johnson vom 1. 6. 1976 (M-F-A)
274 VI 720
275 Brief an Max Frisch vom 13. 1. 1975, zit. nach MF 2, S. 450
276 Marcel Reich-Ranicki: Mein Name sei Frisch, FAZ vom 7. 10. 1975
277 VI 720, vgl. V 22
278 II 703
279 VI 719
280 VII 130
281 Int. 1
282 VII 255
283 Int. 3
284 Friedrich Luft: Mit einem Freispruch zu leben ist schwer, Die Welt vom 17. 4. 1982
285 Joachim Kaiser: Vom Schuldgefühl des Mannes, Süddeutsche Zeitung vom 1. 4. 1982
286 VII 303
287 VII 320
288 VII 304
289 VI 750
290 VII 334 u. 370
291 VII 351
292 VII 253
293 II 713
294 VI 697
295 VI 53
296 VII 343
297 III 361
298 VII 344
299 VII 384
300 Sämtliche Zitate in diesem Kapitel aus Int. 2 und Int. 3 sowie aus einem Brief an den Autor vom 16. 12. 1982

«Die Zeit verwandelt uns nicht …

… sie entfaltet uns nur», notierte Max Frisch in seinem Tagebuch.

So verhält es sich auch mit Pfandbriefen und Kommunalobligationen: Der Nennwert verwandelt sich nicht, aber die Zeit entfaltet das Geld durch Zinsen und Zinseszinsen.

Zeittafel

1911 Geburt am 15. Mai in Zürich, Vater: Franz Bruno Frisch (Architekt), Mutter: Karolina Bettina (geb. Wildermuth)
1924 Eintritt ins Kantonale Realgymnasium Zürich
1930 Matura
1931 Beginn des ersten Studiums (Germanistik); erste Veröffentlichung in einer Zeitung
1932 Tod des Vaters; Abbruch des Studiums; freie Zeitungsmitarbeit
1933 Erste Auslandsreise: Prag, Budapest, Belgrad, Istanbul, Athen, Rom
1934 *Jürg Reinhart*
1935 Erste Reise nach Deutschland
1936 Beginn des zweiten Studiums (Architektur) an der Eidgenössischen Technischen Hochschule Zürich
1937 *Antwort aus der Stille*
1938 Conrad-Ferdinand-Meyer-Preis der Stadt Zürich
1939 Militärdienst als Kanonier (sporadisch bis 1945)
1940 *Blätter aus dem Brotsack*
1941 Architektur-Diplom und Anstellung
1942 Erster Preis in einem Architektur-Wettbewerb und Eröffnung eines eigenen Büros; Eheschließung mit Constanze von Meyerburg (Scheidung 1959)
1943 *J'adore ce qui me brûle oder Die Schwierigen*
1944 Dramenpreis der Welti-Stiftung
1945 *Bin oder Die Reise nach Peking*; erste Theaterpremiere: *Nun singen sie wieder*
1946 *Santa Cruz, Die Chinesische Mauer* (Premieren)
1947 *Tagebuch mit Marion*
1948 Erste Begegnung mit Bertolt Brecht; *Als der Krieg zu Ende war* (Premiere)
1949 Eröffnung des Schwimmbads Letzigraben in Zürich
1950 *Tagebuch 1946–1949*
1951 *Graf Öderland* (Premiere); Rockefeller Grant for Drama, erste Reise in die Vereinigten Staaten
1953 *Don Juan oder Die Liebe zur Geometrie* (Premiere)
1954 *Stiller*
1955 Auflösung des Architekturbüros; Wilhelm-Raabe-Preis der Stadt Braunschweig, Schiller-Preis der Schweizerischen Schillerstiftung, Schleußner-Schueller-Preis des Hessischen Rundfunks
1957 *Homo faber*; Reise in die arabischen Staaten

1958 *Biedermann und die Brandstifter* (Premiere); Georg-Büchner-Preis, Literaturpreis der Stadt Zürich
1961 *Andorra* (Premiere)
1962 Ehrendoktor der Philipps-Universität Marburg, Großer Kunstpreis der Stadt Düsseldorf
1964 *Mein Name sei Gantenbein*
1965 Literaturpreis der Stadt Jerusalem, Schiller-Gedächtnispreis des Landes Baden-Württemberg
1966 Erste Reise in die Sowjet-Union
1968 *Biografie: Ein Spiel* (Premiere), *Öffentlichkeit als Partner;* Eheschließung mit Marianne Oelers (Scheidung 1979)
1971 *Wilhelm Tell für die Schule*
1972 *Tagebuch 1966–1971*
1974 *Dienstbüchlein*; Großer Schiller-Preis der Schweizerischen Schillerstiftung
1975 *Montauk*; kurze Reise nach China
1976 *Gesammelte Werke in zeitlicher Folge*; Friedenspreis des Deutschen Buchhandels
1978 *Triptychon* (Buchausgabe)
1979 *Der Mensch erscheint im Holozän*; Ehrengabe aus dem Literaturkredit des Kanton Zürich (abgelehnt)
1980 Ehrendoktor des Bard College (Staat New York)
1981 Gründung des Max-Frisch-Archivs an der ETH Zürich
1982 *Blaubart*; Ehrendoktor der City University of New York
1983 *Forderungen des Tages*
1984 Ernennung zum «Commandeur dans l'ordre des arts et des lettres» (Frankreich)
1985 Commonwealth-Preis (Chicago)
1986 *Gesammelte Werke, Band 7*; Neustadt-Literaturpreis (Universität von Oklahoma)
1987 Ehrendoktor der TU Berlin
1989 *Schweiz ohne Armee?* (Premiere unter dem Titel *Jonas und sein Veteran*); Heinrich-Heine-Preis (Düsseldorf)
1990 *Schweiz als Heimat?*

Zeugnisse

Friedrich Dürrenmatt
Frisch ist einer jener Schriftsteller, die sich hartnäckig weigern, rein zu dichten, was viele um so mehr ärgert, als dieser Autor offensichtlich reiner und besser dichten könnte als jene, die es heute tun.

Fragment einer Kritik, um 1954

Hans Schwab-Felisch
Frischs Stil ist von einer glanzvollen Klarheit, durchzogen von einer unprätentiösen Poesie. Er baut ... an seiner Prosa wie ein Architekt an einem Haus, klar, gegliedert, übersichtlich und wohlproportioniert. Daß er jetzt den Büchner-Preis erhält, einen der wenigen Literaturpreise in Deutschland, die sich Autorität erworben haben, ist mehr als verdient.

«Frankfurter Allgemeine» vom 8. November 1958

Karlheinz Deschner
Max Frisch ist ein taktvoller Schriftsteller. Ein Mann der Sobrietät und Courtoisie. Er hält viel von Höflichkeit. Im Leben eine löbliche, in der Literatur meist eine tödliche Eigenschaft, tödlich für den Autor, da Höflichkeit selten mit der Wahrheit harmoniert. Frisch notiert natürlich richtig, daß der Wahrhaftige, der nicht höflich sein könne oder wolle, sich nicht zu wundern brauche, wenn die menschliche Gesellschaft ihn ausschließe. Dieses Schicksal hat große Menschen ja oft getroffen. Nicht Frisch. Er ist zwar keinesfalls mit der Gesellschaft zufrieden, aber die (heutige) Gesellschaft mit ihm. Denn er ist liebenswürdig, gewandt und klug, vor allem als Dramatiker ein unbezweifelbares Talent, doch ohne einen Funken Genie.

«Talente Dichter Dilettanten». Wiesbaden 1964

Karl Heinz Bohrer
Max Frisch versuchte das Ewige im Aktuellen ... Daraus folgt aber folgerichtig, daß Aktuelles, also die Formulierung seines psychologischen Leitmotivs, das ewige Verfehlen von Mann und Frau, eher beglaubigt ist durch traditionelle Assoziationen denn durch kreative Setzung. Ich muß gestehen, daß ich viele der pathetischen Kontrapunkte abgeschmackt

finde, den durchgängigen Gegensatz von Technik und Imagination, Natur und Normalfall, von Mann und Weib, von Intelligenz und Gefühl, von Rationalität und Atavismus, von Zivilisation und Natur. In all diesen Dingen kann dem Skeptiker vor dieser Art Skepsis der Gedanke an neudeutsche Podiumsphilosophie aufstoßen, und leider sind das Brückenpfeiler von Frischs Werk.

«Frankfurter Allgemeine» vom 14. Mai 1971

Kurt Batt
Bei Max Frisch aber empört sich – auch und gerade im Hinblick auf die Kunstform des Romans – der Held gegen die Geschichte, will nichts mit ihr zu tun haben oder hat es auch wirklich nicht. So ist im Grunde die Handlung in Frischs Romanen eine Gegenhandlung und nur als solche begreifbar. Die Absurdität, die hier zu walten scheint, ist durchaus kein zweckfreies Spiel, ist vielmehr gesellschaftlich institutionalisiert.

«Revolte intern». Leipzig 1974

Adolf Muschg
Denn hier ist ein Autor, der dem Land seiner Herkunft zu schaffen macht; nicht aus bösem Willen, sondern aus einem Bedürfnis nach Abstand, das offenbar mit zweierlei zu tun hat: mit Kunstgerechtigkeit und mit Gerechtigkeit.

Laudatio zum Großen Schiller-Preis, 1974

Christa Wolf
Ein Autor, der das Glück hat, einen grundlegenden Zeit-Widerspruch an sich selbst zu erleben und ihn auszudrücken, zugleich erhöhen und faßbar machen zu können. Dies ist die Erklärung für seine Wirkung. Seine Leser glauben sich in seinen Büchern zu finden. Ich zweifle. Frischs Prosa hat eine Dimension außerhalb, jenseits der Fabeln, die sie auch erzählt. Er selbst, um sich zu finden und zu verbergen, geht von zwei Seiten her gegen sich vor, die Sprache immer rücksichtsloser als Präzisionsinstrument handhabend: In «erfundenen» Geschichten, die immer seltener durchgeführt, immer häufiger nur angerissen werden, versteckt er Persönlichstes. In den Tagebüchern bringt er Sachlich-Politisches, «die Welt» zu Sprache. Die Trennung war, versteht sich, niemals absolut. Doch sind fast alle Prosaarbeiten romanhaften Charakters Ich-Geschichten. Im Tagebuch wird das Ich ein seltenes Wort.

«Max Frisch, beim Wiederlesen». 1975

Jürgen Serke
Er ist ein Schriftsteller mit großer Resonanz geworden und hat doch keine Wirkung. Das ist seine Tragik; denn über seinen Schatten wie Heinrich Böll springt er nicht. Etwas überspitzt darzustellen, um eine Wahrheit ans

Tageslicht zu zwingen, ist seine Sache nicht. Deshalb läßt sich die politische Haltung des Autors Max Frisch auch so einfach abspalten von seinem Werk.

«Stern» vom 16. September 1976

Hans Mayer
Max Frisch wird am 19. September in der Paulskirche den Friedenspreis des Deutschen Buchhandels entgegennehmen. Preiswürdig erscheint mir an diesem Mann und seinem Werk vor allem die Inkarnation eines Bürgermutes, der sich aller Vereinnahmung durch Ideologien und durch den Dezisionismus eines Freund-Feind-Denkens widersetzt. Frisch hat niemals den Einzelgänger und den Außenseiter aufgeopfert, zugunsten der Repräsentanten eines angeblich «objektiven» Geistes.

«Rückblick 1976»

Benjamin Henrichs
Es gibt keinen deutschsprachigen Schriftsteller, der sich mit größerem Recht einen Aufklärer nennen dürfte als Frisch – der das Wort für sich selbst natürlich nie benutzt ... Das Alterswerk Frischs ist auch ein Triumph über das Alter – es herrscht eine vollkommene Geistesgegenwart darin, es gibt keine Konzentrationsschwächen, keine Altersrührseligkeit, keine falsche Jünglingshaftigkeit. Max Frischs Sätze, die letzten, schwierigsten Dinge beredend, das Altwerden, das Ende der Liebe, den Anfang vom Tod, bewahren vollkommene Haltung; sie krümmen sich nicht ängstlich, sie blähen sich nicht eitel, sie bleiben unbestechlich bis zuletzt. Der Dichter Max Frisch ist auch als alter Mann ein Zivilist, kein Heroe.

«Die Zeit» vom 13. Februar 1981

Walter Jens
Wer glaubt, er kenne ihn, da doch im Werk dieses Max Frisch alles so schön enthalten sei – «Mit seinem Vater hat ihn offenbar wenig verbunden» oder «Der Tod seiner Mutter ist ihm nachgegangen» oder «Wie das mit seinen Frauen war, darüber wissen wir Bescheid» ... wer glaubt, er kenne Max Frisch, der irrt sich gründlich. Was wir vor uns haben, auf diesen Tausenden von Seiten, die er geschrieben hat, das sind nicht verwertbare Daten, ja, das sind noch nicht einmal Tatsachen, von denen sich, nach Beseitigung aller poetischen Verrätselungen, guten Gewissens sagen ließe: «So also ist es wirklich gewesen.» Wirklich und wahrhaftig: Mit diesen Begriffen kommt man einem Mann zu allerletzt bei, in dessen Werk die Grenze zwischen *fiction* und *faction* aufgehoben ist – einem Werk, in dem das Erfundene nicht minder real, ja oft wirklichkeitsträchtiger als das Gefundene ist, die scheinbar verläßliche Außenwelt, auf der

anderen Seite, nicht sicherer als die Innenwelt mit ihren Widersprüchen, ihrem Dunkel, ihrer Rätselhaftigkeit.

«Frankfurter Allgemeine» vom 9. Mai 1981

Günther Rühle

Frisch und die Schweiz: das ist eine dauernde Reibung, lesen wir die Festrede des 46jährigen (1957): «Liebe Eidgenossinnen und Eidgenossen. Ich glaube, daß die Schweiz sich selbst überschätzt ... Ich glaube, die Schweiz hat Angst vor allem Neuen ... Was ist eigentlich die Schweiz?» Wer so anfängt und dabei bleibt, erntet nur einen Teil der möglichen Liebe. Und wenn wir denn keine Mytho-, sondern eine Politbiographie dieses Max Frisch schreiben müßten, wären die Dokumente jenes Liebesverlustes seine gesammelten Reden, der Wilhelm Tell für die Schule oder das national-kitzlige «Dienstbüchlein», seine Interventionen für die Unruhigen von 1968 bis hin zur Ablehnung des Ehrenpreises der Stadt, den er aus der Hand eines bestimmten Ratsmitglieds nicht empfangen wollte.

«Frankfurter Allgemeine» vom 16. Mai 1981

Marcel Reich-Ranicki

Wovon erzählt Frisch? Von der Liebe, also von der Vergänglichkeit; vom Tod, also von der Angst vor dem Tod. Das sind, wie man weiß, alte, Jahrtausende alte Hüte. Da es jedoch die Liebe (auch wenn sie von der deutschen Gegenwartsliteratur kaum wahrgenommen wird) immer noch gibt, und da man den Tod noch immer nicht abgeschafft hat, bleibt nichts anderes übrig, als zu diesen Fragen zurückzukehren ... Er praktiziert Moral ohne Predigt und Zeitkritik ohne Propaganda. Er demonstriert Engagiertheit ohne Gereiztheit und Protest ohne Hysterie. So wurde er zum Klassiker unter den schreibenden Zeitgenossen deutscher Sprache.

«Entgegnung». Stuttgart 1981

Georg Hensel

Anschaulichkeit, durchdrungen von einer analytischen Intelligenz, Genauigkeit und Klarheit gehören zu den Tugenden seines Stils. Eine unpathetische, zivile Tapferkeit ist die Tugend seiner Gestalten, die unterwegs sind zu sich selbst.

In: «Spielplan». Berlin 1981

Peter Bichsel

Max Frisch ist beharrlich. Er beharrt zum Beispiel darauf, nicht zu begreifen. Für Spießer aller Schattierungen ist das das Letzte, auch für Literaturspießer. Ein ewig Pubertierender nennt man das, und man beweist es damit, daß jener sich ja mit sich beschäftige. Das sagen die, die sich irgendeinmal haben überreden lassen, zum Begreifen überreden lassen. Frisch läßt sich nicht überreden. Er nimmt seinen Trotz persönlich.

In: «Begegnungen». Frankfurt a. M. 1981

Jörg Steiner
Max Frisch ist zu einer moralischen Instanz in diesem Land geworden; vergleichbar mit einem Pestalozzi, einem Spitteler. Er ist es geworden, weil er ein politischer Schriftsteller ist. Seine schöpferische Kraft, seine Sprache gründen in seinem politischen Gewissen.

In: «Begegnungen». Frankfurt a. M. 1981

Peter Weiss
Max Frisch lebt mitten in Europa. Mir scheint er immer zu Hause zu sein. In seiner Sprache. Ich bin in keiner Sprache zu Hause. Deshalb habe ich ihn gern treffen wollen. Um mit ihm zu sprechen. In der Sprache, in der auch ich zu schreiben versuche. Er gehört zu den wenigen Schreibern in dieser Sprache, deren Handwerk ich schätze.

In: «Begegnungen». Frankfurt a. M. 1981

Bibliographie

Die Bibliographie beschränkt sich im wesentlichen auf Buchausgaben; Zeitschriften- und Zeitungsbeiträge sind nur vereinzelt aufgenommen worden. Das betrifft besonders die umfangreiche Sekundärliteratur. Es sei auf die umfassenden Bibliographien von Walter Schmitz und Alexander Stephan verwiesen, denen hier weitgehend gefolgt worden ist.

1. Bibliographien

BECKERMANN, THOMAS: Bibliographie zu Max Frisch. In: Text und Kritik, Heft 47/48, 1975. S. 88–98

KRANZBÜHLER, BETTINA: Kommentierte Auswahlbibliographie. In: WALTER SCHMITZ (Hg.), Max Frisch. Frankfurt a. M. 1987. S. 373–422

PETERSEN, KLAUS-DIETRICH: Max Frisch-Bibliographie. In: THOMAS BECKERMANN (Hg.), Über Max Frisch. Frankfurt a. M. 1971. S. 305–344

SCHMITZ, WALTER: Bibliographie. In: ders. (Hg.), Über Max Frisch II. Frankfurt a. M. 1981³. S. 453–534

STEPHAN, ALEXANDER: Max Frisch. In: HEINZ LUDWIG ARNOLD (Hg.), Kritisches Lexikon zur deutschsprachigen Gegenwartsliteratur. München 1978 (30. Nachlieferung, 1988)

Veröffentlichungen von Max Frisch. In: MAX FRISCH, Gesammelte Werke in zeitlicher Folge. Band 7. Frankfurt a. M. 1986. S. 507–548 (enthält auch eine Aufstellung der «Übersetzungen der Werke von Max Frisch»)

2. Veröffentlichungen von Max Frisch

2.1 Werkausgabe

Gesammelte Werke in zeitlicher Folge. 7 Bände. Hg. von HANS MAYER unter Mitwirkung von WALTER SCHMITZ. Frankfurt a. M. 1976/1986 (Band 7 unter Mitarbeit von JOHANN S. KOCH)

Gesammelte Werke in zeitlicher Folge. 7 Bände. Hg. von HANS MAYER unter Mitwirkung von WALTER SCHMITZ. Jubiläumsausgabe. Frankfurt a. M. 1986 (textidentische Taschenbuchausgabe)

Jürg Reinhart. Eine sommerliche Schicksalsfahrt. Roman. Stuttgart 1934
Vorbild Huber. Ein novellistischer Beitrag. In: Züricher Illustrierte vom 31.8., 7.9. und 14.9.1934
Tagebuch eines Soldaten. In: Neue Zürcher Zeitung vom 16., 18., 22.9. 1935
Antwort aus der Stille. Eine Erzählung aus den Bergen. Stuttgart 1937
Blätter aus dem Brotsack. Tagebuch eines Kanoniers. Zürich 1940. Neuausgabe: Blätter aus dem Brotsack, 1964
J'adore ce qui me brûle oder Die Schwierigen. Roman. Zürich 1943. Neuausgabe unter dem Titel: Die Schwierigen oder J'adore ce qui me brûle, ohne den ersten Teil «Reinhart oder Die Jugend», 1957
Bin oder Die Reise nach Peking. Zürich 1945
Marion und die Marionetten. Ein Fragment. Mit Holzschnitten von Hans Studer. Basel 1946
Nun singen sie wieder. Versuch eines Requiems. Basel 1946
Tagebuch mit Marion. Zürich 1947
Santa Cruz. Eine Romanze. Basel 1947
Die Chinesische Mauer. Eine Farce. Basel 1947. 2 Fassung: Frankfurt a.M. 1955. 3. Fassung: unpubliziert. 4. Fassung: Die Chinesische Mauer. Eine Farce. Version für Paris. Frankfurt a.M. 1972
Als der Krieg zu Ende war. Schauspiel. Basel 1949. 2. Fassung in: Stücke I. Frankfurt a.M. 1962
Tagebuch 1946–1949. Frankfurt a.M. 1950
Graf Öderland. Ein Spiel in zehn Bildern. Frankfurt a.M. 1951. 2. Fassung: unpubliziert. 3. Fassung in: Spectaculum 4. Frankfurt a.M. 1961
Don Juan oder Die Liebe zur Geometrie. Komödie in fünf Akten. Frankfurt a.M. 1953. 2. Fassung in: Stücke II. Frankfurt a.M. 1962
Stiller. Roman. Frankfurt a.M. 1954
Herr Biedermann und die Brandstifter. Hörspiel. Hamburg 1955
achtung: Die Schweiz. Ein Gespräch über unsere Lage und ein Vorschlag zur Tat. Zusammen mit Lucius Burckhardt und Markus Kutter. Basel 1955
Die neue Stadt. Beiträge zur Diskussion. Zusammen mit Lucius Burckhardt und Markus Kutter. Basel 1956
Homo faber. Ein Bericht. Frankfurt a.M. 1957
Biedermann und die Brandstifter. Ein Lehrstück ohne Lehre. (Mit einem Nachspiel.) Frankfurt a.M. 1958. Ab 14. Auflage 1973 ohne «Nachspiel»
Glossen zu Don Juan. Illustrationen von Walter Jonas. Viernheim 1959
Schinz. Skizze. Mit fünf Zeichnungen von Varlin. St. Gallen 1959
Andorra. Stück in zwölf Bildern. Frankfurt a.M. 1961
Mein Name sei Gantenbein. Roman. Frankfurt a.M. 1964
Zürich-Transit. Skizze eines Films. Frankfurt a.M. 1966
Biografie: Ein Spiel. Frankfurt a.M. 1967. 2., überarbeitete Auflage 1968
Öffentlichkeit als Partner. Frankfurt a.M. 1967
Die große Devotion. Über die Ereignisse in Zürich und über die Jugend. In: Weltwoche vom 12. 7. 1968
Dramaturgisches. Ein Briefwechsel mit Walter Höllerer. Berlin 1969
Wilhelm Tell für die Schule. Frankfurt a.M. 1971

Tagebuch 1966–1971. Frankfurt a. M. 1972. Erweiterte Fassung in: Gesammelte Werke in zeitlicher Folge. Frankfurt a. M. 1976
Glück. Erzählung. Mit drei Holzschnitten von Sven Knebel. Zürich 1972
Dienstbüchlein. Frankfurt a. M. 1974
Montauk. Eine Erzählung. Frankfurt a. M. 1975
Zitat. Sieben Holzdrucke von Gottfried Honegger. Zürich 1976
Triptychon. Drei szenische Bilder. Frankfurt a. M. 1978. 2. Fassung 1981
Der Mensch erscheint im Holozän. Eine Erzählung. Frankfurt a. M. 1979
Blaubart. Eine Erzählung. Frankfurt a. M. 1982
Forderungen des Tages. Porträts, Skizzen, Reden 1943–1982. Hg. von WALTER SCHMITZ. Frankfurt a. M. 1983
Schweiz ohne Armee? Ein Palaver. Zürich 1989
Schweiz als Heimat? Versuche über 50 Jahre. Hg. von WALTER OBSCHLAGER. Frankfurt a. M. 1990

2.3 Theateraufführungen

Nun singen sie wieder. Versuch eines Requiems. Uraufführung: Schauspielhaus Zürich, 29. 3. 1945. Regie: Kurt Horwitz.
Santa Cruz. Eine Romanze. Uraufführung: Schauspielhaus Zürich, 7. 3. 1946. Regie: Heinz Hilpert.
Die Chinesische Mauer: Eine Farce. Uraufführung: Schauspielhaus Zürich, 10. 10. 1946. Regie: Leonard Steckel. 2. Fassung: Theater am Kurfürstendamm Berlin, 28. 10. 1955. Regie: Oscar Fritz Schuh. 3. Fassung: Deutsches Schauspielhaus in Hamburg, 26. 2. 1965. Regie: Oscar Fritz Schuh. 4. Fassung: («Version für Paris»): Jeune Théâtre National des Théâtre de l'Odéon Paris, 8. 11. 1972. Regie: Jean Pierre Miquel.
Als der Krieg zu Ende war. Schauspiel. Uraufführung: Schauspielhaus Zürich, 8. 1. 1949. Regie: Kurt Horwitz. 2. Fassung: Städtische Bühnen Freiburg, 8. 5. 1965. Regie: Claus Leininger.
Graf Öderland. Ein Spiel in 10 Bildern. Schauspielhaus Zürich, 10. 2. 1951. Regie: Leonard Steckel. 2. Fassung: Städtische Bühnen Frankfurt a. M., 4. 2. 1956. Regie: Fritz Kortner. 3. Fassung: Schiller-Theater Berlin, 25. 10. 1961. Regie: Hans Lietzau.
Don Juan oder Die Liebe zur Geometrie. Uraufführung: gleichzeitig 5. 5. 1953: Schauspielhaus Zürich. Regie: Oskar Wälterlin. Schiller-Theater Berlin. Regie: Hans Schalla. 2. Fassung: Deutsches Schauspielhaus Hamburg, 12. 9. 1962. Regie: Ulrich Erfurth.
Biedermann und die Brandstifter. Ein Lehrstück ohne Lehre. Uraufführung: Schauspielhaus Zürich, 29. 3. 1958. Regie: Oskar Wälterlin. Deutsche Erstaufführung des «Nachspiels»: Städtische Bühnen Frankfurt a. M., 28. 9. 1959. Regie: Harry Buckwitz.
Die große Wut des Philipp Hotz. Uraufführung: Schauspielhaus Zürich, 29. 3. 1958. Regie: Oskar Wälterlin.
Andorra. Stück in zwölf Bildern. Uraufführung: Schauspielhaus Zürich, 2./3./4. 11. 1961. Regie: Kurt Hirschfeld.
Biografie: Ein Spiel. Uraufführung: Schauspielhaus Zürich, 1./2./3. 2. 1968. Regie: Leopold Lindtberg.

Triptychon. Drei szenische Bilder. Uraufführung: Centre dramatique de Lausanne, 10.10.1979. Regie: Michel Soutter. Deutschsprachige Uraufführung: Akademietheater Wien, 1.2.1981. Regie: Erwin Axer.

Jonas und sein Veteran. Ein Palaver. Uraufführung: Schauspielhaus Zürich, 19.10.1989 (deutsch) und 20.10.1989 (französisch, Koproduktion mit dem Théâtre de Vidy, Lausanne). Regie: Benno Besson

2.4 Interviews (in zeitlicher Folge)

K. (= Eduard Korrodi): «Gespräch mit einem jungen Autor». Neue Zürcher Zeitung vom 14.10.1934

Peters, Wolfgang A.: «Die Generation der Fragenden. Gespräche mit Max Frisch und Hans Zbinden». Die Neue Zeitung (München) vom 12.5.1950

Riess, Curt: «Mitschuldige sind überall. Eine Unterhaltung mit Max Frisch über sein neues Stück». Die Zeit vom 3.11.1961

Suter, Gody: «Max Frisch: ‹Ich habe Glück gehabt›. Von ‹Nun singen sie wieder› zu ‹Andorra›». Weltwoche vom 3.11.1961

Bienek, Horst: Werkstattgespräche mit Schriftstellern. München 1962. S. 21–32

Serke, Jürgen: «Nicht ohne Antwort. Ein Gespräch mit Max Frisch in Frankfurt». Frankfurter Rundschau vom 26.1.1962

Braem, Helmut M.: «Autoren sind kein Ersatz für Priester». Stuttgarter Zeitung vom 20.11.1964

Vogel, Paul Ignaz: «Und die Schweiz?». Neutralität. 1964. H. 5

Werth, Jürgen und Blanke, Bernhard: «Interview mit Max Frisch». Frankfurter Rundschau vom 30.4.1966

Zimmer, Dieter E.: «Noch einmal anfangen können. Ein Gespräch mit Max Frisch». Die Zeit vom 22.12.1967

«‹Die Notwehr erzeugt Werke›. Spiegel-Interview mit dem Dramatiker Max Frisch». Der Spiegel vom 29.1.1968

«Das ist kein Grund zur Ruhe. Interview mit Max Frisch». National-Zeitung (Basel) vom 5.7.1968

Häsler, Alfred A.: Leben mit dem Haß. 21 Gespräche. Reinbek 1969. S. 40–46

Bloch, Peter André, und Schoch, Bruno: «Gespräche mit Max Frisch». In: dies.: Der Schriftsteller und sein Verhältnis zur Sprache dargestellt am Problem der Tempuswahl. Bern 1971. S. 68–81

Kieser, Rolf: «An Interview with Max Frisch». Contemporary Literature. 1972, H. 1

Reif, Adalbert: «Die Machtinhaber müssen die Literatur fürchten. Ein Gespräch mit dem Schriftsteller Max Frisch». Die Tat vom 6.1.1973

Fischer, Jens, Janowski, Hans Norbert, und Stammler, Eberhard: «Rückzug auf die Poesie. Gespräch mit Max Frisch». In: Evangelische Kommentare. 1974. S. 489–492

Arnold, Heinz Ludwig: Gespräche mit Schriftstellern. München 1975. S. 9–73

Barak, Jon: «Max Frisch Interviewed». New York Times Book Review vom 19.3.1978

Rüedi, Peter: «Die lange Ewigkeit des Gewesenen. Max Frisch schrieb ein Stück vom Tod, das nicht gespielt wird». Deutsche Zeitung vom 21.4.1978

Jotterand, Franck: «Un écrivain doit rester naïf». Le Monde vom 23.3.1979

RADDATZ, FRITZ J.: «Ich singe aus Angst – das Unsagbare. Ein Zeit-Gespräch mit Max Frisch». Die Zeit vom 17.4.1981

WASER, GEORG: «Jedes Wort ist falsch und wahr. Der Schweizer Schriftsteller über den Sinn des Schreibens, sinnlose Geschichten, die Wahrheit und den Tod». Rheinischer Merkur/Christ und Welt vom 2.10.1981

CONTAT, MICHEL: «Max Frisch: la subversion par l'écriture». Le Monde vom 20.9.1982

ALPHANT, MARIANNE: «Max Frisch se livre». Libération vom 22.3.1985

PILLIOD, PHILIPPE: «Gespräche im Alter». Westdeutsches Fernsehen, gesendet im Mai 1986 (auch auf einer Videokassette, Zürich 1987)

«Max Frisch, Erzähler». Westdeutsches Fernsehen, gesendet im Juli und August 1987

3. Literatur über Max Frisch

3.1 Einführungen und Materialien

BÄNZIGER, HANS: Frisch und Dürrenmatt. Materialien und Kommentare. Tübingen 1987

(Hg.): Max Frisch Andorra. Erläuterungen und Dokumente. Stuttgart 1985

BECKERMANN, THOMAS (Hg.): Über Max Frisch. Frankfurt a. M. 1971

FRÜHWALD, WOLFGANG, und SCHMITZ, WALTER (Hg.): Max Frisch. Andorra/Wilhelm Tell. Materialien, Kommentare. München 1977

KARASEK, HELLMUTH: Frisch. Velber 1969[3]

Max Frisch. Pro Helvetia Dossier. Bern 1981

PETERSEN, JÜRGEN H.: Max Frisch. Stuttgart 1989[2]

SCHMITZ, WALTER (Hg.): Frischs «Don Juan oder Die Liebe zur Geometrie». Frankfurt a. M. 1985

(Hg.): Frischs «Homo faber», Frankfurt a. M. 1983

(Hg.): Materialien zu Max Frisch «Stiller». 2 Bände. Frankfurt a. M. 1977

(Hg.): Max Frisch. Frankfurt a. M. 1987

(Hg.): Über Max Frisch II. Frankfurt a. M. 1976

SCHMITZ, WALTER/WENDT, ERNST (Hg.): Frischs «Andorra». Frankfurt a. M. 1984

Dies. (Hg.): Materialien zu Max Frisch «Biedermann und die Brandstifter». Frankfurt a. M. 1976

SPRINGMANN, INGO: Max Frisch «Biedermann und die Brandstifter». Erläuterungen und Dokumente. Stuttgart 1975

STEPHAN, ALEXANDER: Max Frisch. München 1983

Max Frisch. In: HEINZ LUDWIG ARNOLD (Hg.), Kritisches Lexikon zur deutschsprachigen Gegenwartsliteratur. München 1978 (30. Nachlieferung, 1988)

3.2 Monographien, Sammelbände und übergreifende Fragestellungen

ALBRECHT, MONIKA: Die andere Seite. Zur Bedeutung von Werk und Person Max Frischs in Ingeborg Bachmanns «Todesarten». Würzburg 1989

ARNOLD, HEINZ LUDWIG (Hg.): Max Frisch. Text und Kritik, Heft 47/48. München 1975

BADEN, HANS JÜRGEN: Der Mensch ohne Partner. Das Menschenbild in den Romanen von Max Frisch. Wuppertal-Barmen 1966

BÄNZIGER, HANS: Zwischen Protest und Traditionsbewußtsein. Arbeiten zum Werk und zur gesellschaftlichen Stellung Max Frischs. Bern 1975

Begegnung. Eine Festschrift für Max Frisch zum siebzigsten Geburtstag. Frankfurt a. M. 1981

BURGER, HERMANN: «Stillers jüngerer Bruder». Romane von gestern – heute gelesen: «J'adore ce qui me brûle...» Frankfurter Allgemeine Zeitung vom 15.3.1985

BUTLER, MICHAEL: The Novels of Max Frisch. London 1976

BIEDERMANN, MARIANNE: Das politische Theater von Max Frisch. Lampertheim 1974

DAHMS, ERNA M.: Zeit und Zeiterlebnis in den Werken Max Frischs. Bedeutung und technische Darstellung. Berlin und New York 1976

DURZAK, MANFRED: Dürrenmatt, Frisch, Weiss. Deutsches Drama der Gegenwart zwischen Kritik und Utopie. Stuttgart 1972[2]

GEISSER, HEINRICH: Die Entstehung von Max Frischs Dramaturgie der Permutation. Bern 1973

GESING, FRITZ: Die Psychoanalyse der literarischen Form: «Stiller» von Max Frisch. Würzburg 1989

GOCKEL, HEINZ: Max Frisch. Drama und Dramaturgie. München 1985

HAGE, VOLKER: Alles erfunden. Porträts deutscher und amerikanischer Autoren. Reinbek 1988. S. 78–115

HANHART, TILDY: Max Frisch: Zufall, Rolle und literarische Form. Untersuchungen zu seinem neueren Werk. Kronberg/Ts. 1976

HOFFMANN, FRANK: Der Kitsch bei Max Frisch. Vorgeformte Realitätsvokabeln. Bad Honnef 1979

JURGENSEN, MANFRED (Hg.): Frisch. Kritik – Thesen – Analysen. Bern 1977
Max Frisch. Die Dramen. Bern 1976[2]
Max Frisch. Die Romane. Bern 1976[2]

KIESER, ROLF: Max Frisch. Das literarische Tagebuch. Frauenfeld 1975

KNAPP, GERHARD P. (Hg.): Max Frisch. Aspekte des Bühnenwerks. Bern 1979
(Hg.): Max Frisch. Aspekte des Prosawerks. Bern 1978

LENGBORN, THORBJÜN: Schriftsteller und Gesellschaft in der Schweiz. Eine Studie zur Behandlung der Gesellschaftsproblematik bei Zollinger, Frisch und Dürrenmatt. Frankfurt a. M. 1972

LUBICH, FREDERIK A.: Max Frisch: «Stiller», «Homo faber» und «Mein Name sei Gantenbein». München 1990

LÜTHI, HANS JÜRG: Max Frisch. Du sollst dir kein Bildnis machen. München 1981

LUSSER-MERTELMANN, GUNDA: Max Frisch. Die Identitätsproblematik in seinem Werk aus psychoanalytischer Sicht. Stuttgart 1976

MAYER, HANS: Über Friedrich Dürrenmatt und Max Frisch. Pfullingen 1977

MERRIFIELD, DORIS FULDA: Das Bild der Frau bei Max Frisch. Freiburg 1971

MÜLLER, FELIX: Kontrapunkt zu einem Wertsystem. Max Frisch: «Stiller». Neue Zürcher Zeitung vom 21.6.1985

PETERSEN, CAROL: Max Frisch. Berlin 1972[2]

ROTH, GERHARD: Fuchsjagd mit Max Frisch an den Ufern des Zürcher Sees. In: ders., Die schönen Bilder beim Trabrennen. Frankfurt a. M. 1982

Salzmann, Madeleine: «Die nackten Füße des Autobiographen». Eine Metapher für das Schreiben über sich selbst in Max Frischs «Montauk». In: Neue Zürcher Zeitung vom 29. 7. 1988

Schmitz, Walter: Max Frisch. Das Werk (1931–1961). Bern 1984
Max Frisch. Das Spätwerk (1962–1982). Tübingen 1985

Schenker, Walter: Die Sprache Max Frischs in der Spannung zwischen Mundart und Schriftsprache. Berlin 1969

Schnetzler-Suter, Annemarie: Max Frisch. Dramaturgische Fragen. Bern 1974

Schuchmann, Manfred E.: Der Autor als Zeitgenosse. Gesellschaftliche Aspekte in Max Frischs Werk. Frankfurt a. M. 1979

Schumacher, Klaus: «Weil es geschehen ist». Untersuchungen zu Max Frischs Poetik der Geschichte. Königstein/Ts. 1979

Sonderegger, Ronald: Perfekter Mord? Was hat Max Frisch zu seinem «Blaubart» inspiriert? In: Tintenfaß, Nummer 5. Zürich 1982

Stäuble, Eduard: Max Frisch. Gedankliche Grundzüge in seinen Werken. Basel 1967
Max Frisch. Gesamtdarstellungen seines Werkes. St. Gallen 1971[4]

Steinmetz, Horst: Max Frisch. Tagebuch, Drama, Roman. Göttingen 1973

Vin, Daniel de: Max Frischs Tagebücher. Köln 1977

Weise, Adelheid: Untersuchungen zur Thematik und Struktur der Dramen von Max Frisch. Göppingen 1969

Weisstein, Ulrich: Max Frisch. New York 1967

Werner, Markus: Bilder des Endgültigen, Entwürfe des Möglichen. Zum Werk von Max Frisch. Bern 1975

Wintsch-Spiess, Monika: Zum Problem der Identität im Werk Max Frischs. Zürich 1965

Namenregister

Die kursiv gesetzten Zahlen bezeichnen die Abbildungen

Über den Autor

Volker Hage, Jahrgang 1949, ist verantwortlicher Redakteur für den Literaturteil der «Zeit». Er hat Germanistik und Soziologie studiert und mit einer Arbeit über «Collagen in der deutschen Literatur» promoviert. Von 1975 bis 1986 arbeitete er als Redakteur der «Frankfurter Allgemeinen». Bücher: «Die Wiederkehr des Erzählers. Neue deutsche Literatur der siebziger Jahre» (1982, vergr.), «Alles erfunden. Porträts deutscher und amerikanischer Schriftsteller» (Rowohlt 1988), «Schriftproben. Zur deutschen Literatur der achtziger Jahre» (rororo 8776, 1990). Begründer und Mitherausgeber des Reclam-Jahresperiodikums «Deutsche Literatur» (bisher neun Bände, 1982ff.); Anthologien: «Lyrik für Leser» (1980), «Literarische Collagen» (1981); Mitherausgeber des Bildbands «Italien. Land ohne Ende» (1986).

Quellennachweis der Abbildungen

Foto: Andrej Reiser, Hamburg: 107, 120, 122,
Foto: Isolde Ohlbaum, München: 9, 124
Foto: Sigrid Estrada, New York: 109
Max Frisch-Archiv, Zürich: 14, 15, 16, 17, 18, 19, 21, 22, 31, 35, 44, 45, 51, 52, 103 u.
Ullstein-Bilderdienst, Berlin: 27, 37, 54/55, 63, 71, 90, 105, 112 o., 112 u., 114
Foto: Hesse: 49
Aus: Max Frisch, Jürg Reinhard, Stuttgart–Berlin 1934: 23
Artemis Verlag, Zürich: 33
Foto: Albert Riethausen: 38/39
Aus: Schweizerische Bauzeitung (Jg. 68, Nr. 12): 46/47
Foto: Volker Hage: 58, 127, 128, 129, 130
Foto: Marie Agnes Schürenberg, Berlin: 59
Foto: Kurt Bethke, Hanau: 67
Aus: Max Frisch, Stiller, Frankfurt a. M. 1954: 66
Foto: Ewa Ulitkowska: 83, 104
Associated Press, Frankfurt a. M.: 87, 89
Keystone: 91 o., 91 u.
Foto: Fernand Rausser, Bollingen-Bern: 93, 103 o.
Weltwoche, Zürich: 99
Foto: Joachim Unseld: 10, 100, 110, 113
Foto: Hanna Muschg, Kilchberg: 106
Foto: Gerhard Hopf, Torgau: 111
Foto: Elisabeth Kempen, Frankfurt a. M.: 118/119
Foto: Friedrich Kappeler, Frauenfeld: 131
Foto: Günter Englert, Frankfurt a. M.: 84
Der Spiegel, Hamburg:59

Volker Hage

Alles erfunden
Porträts deutscher und amerikanischer Autoren
320 Seiten mit zahlreichen Fotos. Gebunden

Mit großer Leichtigkeit entwirft Volker Hage nuancierte und spannungsreiche Porträts von vierzehn deutschen und amerikanischen Schriftstellern: Günther Anders, Jurek Becker, Wolf Biermann, Max Frisch, Joseph Heller, John Irving, Ernst Jandl, Wolfgang Koeppen, Joyce Carol Oates, Philip Roth, Gerold Späth, Botho Strauß, John Updike und Martin Walser.
«Volker Hage ist offenbar ein Mann, den die Dichter gerne sehen. Es ist ihm gelungen, ausnahmslos interessante Autoren zu befragen, darunter auch solche, die für gewöhnlich keine Interviews geben, und er hat wohl eine vertrauensvolle Atmosphäre schaffen können, in der sie gern erzählen mochten. Es ist gar keine Frage, die vorliegende Sammlung ist unterhaltsam geschrieben und angenehm zu lesen.»
Süddeutsche Zeitung